HEROIC PRINCE
of a weak nation

楓原こうた

イラスト トモゼロ

弱小国家の英雄王子

最強の魔術師だけど、さっさと国出て自由に生きてぇぇ!

1

アレン・ウルミーラ
セリア
アリス・ウルミーラ

モニカ・シューアル
ライカ・キュースティー
リゼ・ファンラルス
ソフィア・ベネット

「最高よ。やっぱり、一日に一回はお風呂に入りたいわー」
「ふふっ、お気に召したようで何よりです」

弱小国家の英雄王子 1

~最強の魔術師だけど、さっさと国出て自由に生きてぇぇ!~

楓原こうた

OVERLAP

HEROIC PRINCE
of a weak nation

CONTENTS

イラスト／トモゼロ

HEROIC PRINCE of a weak nation MAP

ウルミーラ王国

四方を大国に囲まれた弱小国。目立った資源や名産物があるわけでもなく、領土は他国に比べても小さい。近年、軍部の長に座った『英雄』が最も有名。

ファンラルス帝国

四つの大国の一つ。軍事力に特化しており、大陸随一の兵力を有す。大陸最強の騎士である『剣聖』が最も有名。

ルーゼン魔法国家

四つの大国の一つ。魔法士や魔術師を多く有している魔法至上主義国家。大陸最強の魔術師である『賢者』が最も有名。

イルムガンド神聖国

四つの大国の一つ。教会が国を運営している宗教国家。女神の恩恵を受けた『聖女』が最も有名。

ラザート連邦

四つの大国の一つ。先進的な技術に優れており、技術力は大陸随一。君主はおらず、統括理事局と呼ばれる組織によって方針が決まる。統括理事局の席に座る人々・通称『黒軍服』が最も有名。

プロローグ

ファンラルス帝国。

ルーゼン魔法国家。

イルムガンド神聖国。

ラザート連邦。

武力、魔法、信仰、技術力。

それぞれに長《た》けた大国が大半を占める大陸に、一つの小国があった。

資源が豊富なわけでもない、国民が多いわけでもない、財力が凄《すさ》まじいわけでもない。

吹けば今にも飛んでしまいそうなその国は四つの大国の空白地帯と国境が接しており、まるで囲まれているかのような場所に位置している。

そのおかげもあってか、小国の戦争頻度はかなり多い。

何せ、狙っても大した報復はされず、安易に領土を広げられるカモだからだ。

故に、小国は二百年という歴史を持ちながらも徐々に領土を減らしていった。交渉、抵抗、防衛、ありとあらゆる方法でなんとか踏ん張ってきたものの、今では『弱小国家』と揶揄《やゆ》されるほどに。

しかし近年、領土の減少もピタッと止《や》んだ。

それどころか迫る大国を退け、徐々に賠償という形で大国から色々なものをもらうようになっている。

その理由は至って単純——戦争に勝ち始めたからだ。

どうして、近年急に勝利を挙げ始めたのか？

それは、一人の青年が『弱小国家』の軍の長になったためである。

一国の王子でありながら最前線へと立つ、世界でも希少な魔法を極めた魔術師。

その存在は、今や大陸では知らぬ者はいない。

何せ、大国の軍勢を相手に一度の敗北もなく勝ち続けているのだから。

もはや小国にとっては『英雄』。日夜戦争に怯《おび》えていた国民は、彼がいる限り安泰であると信じて疑わなかった。

ウルミーラ王国、第二王子。

そんな国民から英雄だと持て囃《はや》されている青年は——


「さっさと国出てトンズラしてぇぇぇぇぇぇぇぇぇぇぇぇぇぇぇぇぇぇっ！！！」

……嘆いていた。

それはもう、本心から思っているのだと伝わってくるぐらいには。

「戦争戦争戦争……俺は王子だぞ!? なのにわざわざ自ら戦場ど真ん中最前線でドンパチヤッフーって頭おかしいんじゃねぇの!?っていうか、戦争の頻度多すぎだろうがボケぇぇぇぇぇぇぇぇぇぇぇぇっ！！！」

安心安全防音完備、夫婦の営みもバレることがありません！ が売りの王城の一室にて、短く切り揃《そろ》えた金髪の青年は叫ぶ。

もはや日課のように叫ばれる言葉が周囲に届くことはない。

建築屋さんの粋な計らいが彼の奇行を見事に食い止めていた。

「朝から騒がしいですね、ご主人様。毎度毎度叫んで、飽きたりしませんか？」

外にいる人間には聞こえないだろうが、中にいる人間には届く。

上品な所作で紅茶を淹《い》れるメイドの少女は、主人の奇行を見ても平然として様子を変えなかった。

サイドに纏《まと》めた桃色の髪、透き通った翡翠《ひすい》色《いろ》の瞳。あどけなくも端整すぎる顔立ちは、思わず目を引かれる。

加えて、どことなくお淑《しと》やかな雰囲気が彼女の美しさをより一層引き立てていた。

品位の欠片《かけら》という基準であれば、叫んでいる青年よりも少女の方がよっぽど王族らしい。

「飽きたよ!? 時々『俺って何やってるんだろうなー』って思うぐらいには飽きましたけ

ども!?」

「でしたら――」

「それよりも、国出てトンズラしてんだよぉぉぉぉぉぉぉぉぉぉぉぉっ!!!」

ウルミーラ王国第二王子――アレン・ウルミーラ。

今日もまた、国からのトンズラをご所望である。

「いいではありませんか。今やご主人様は国の英雄……数々の戦争で活躍され、勝利を手にしてきました。そのおかげで、メイドの私も鼻が高いです。ふふっ、いつか新聞の一面に載ってしまうかもしれませんね」

メイドの少女――セリアは淹れた紅茶をアレンの前へと差し出す。

「王子の傍付《そばつ》きメイドの時点で普通は鼻が高くなるもんじゃゃないの?」

「実績のない王子の傍付きなど……とてもとても」

「え、普通に酷《ひど》いこと言ってんだけどこの子?　さり気なく王族ディスってない?」

「ご安心ください、ご主人様以外の王族の方々はしっかりと尊敬しております」

「その枠組みに俺は入ってねぇの!?　文字通りこんなに命張って頑張ってんのに、俺だけ評価のハードル高くありませんかねぇ、セリアさん!?」

「ふふっ、ご主人様はお慕いですので」

「え、それって尊敬の意じゃねぇの?」

何が違うんだ、と。アレンは首を傾《かし》げる。

セリアを見ても「ふふっ」とお淑やかに笑うだけで、結局何が違うのか分からなかった。

「とはいえ、話を戻しますが……どうしてご主人様は軍の長を嫌がるのでしょうか？」

「逆に命の危険渦巻くパーティ会場に招待されてスキップで行く奴《やつ》とかいんの？　名誉と武勲を誉れにするご老体じゃねぇんだぞ、こっちは。俺は名ばかりの称号より身になることがほしい」

「具体的には？」

「言い難《にく》いが女だな」

「言い難いのなら一瞬でも言葉に詰まったらどうです？」

至極真面目に口にするアレンに、セリアはため息を吐《つ》いた。

どうして主人はこんなのかと、落胆を隠し切れない。

「いいか、お兄さんがいいこと教えてあげよう！　戦争なんてしている暇があったらその分自由な時間が確保できる！　今まで溜《た》め込んだ金はたんまりあるから、そのお金を使って娼館《しょうかん》に――――」

「あ？」

「行けるけど関節がァァァァァァァァァァァァッツッ！！！？？？」

突如走る腕の痛みに今日何度目かの叫びを上げるアレン。

それは、滑るように背後に回って腕関節を綺麗《きれい》にキメたメイドによるものであった。

「はぁ……いくら温厚な私でもレディーのいる場でその発言は許せません」

「よ、よぉーし、お兄さんがもう一ついいことを教えてあげよう。具体的には、温厚って言葉の意味について」

何度か腕をタップするアレンに、セリアは仕方なく腕を離す。

頬を膨らませてとりあえず許してくれたセリアを見て、アレンは痛そうにあらぬ方向へと曲がった関節をさすった。

「と、とにかく、俺は軍のトップなんか辞めて国出て隠居したいの。なんで好き勝手戦争《あそび》に誘ってくる他国のお偉いさんのお相手をしなきゃいけねぇんだよ。向こうさんは紅茶を啜《すす》りながら鑑賞しているだけかもしれんが、こっちは剣と魔法を向けられながらステージに立って愉快なライブだぞ」

「それが戦争ですよ。戦うのはいつも小さな兵隊蟻《あり》さんです」

「王子の俺がどうして蟻んこなのかを疑問に思おうぜ、セリア？」

重鎮も重鎮。守らなければいけない筆頭がどうしてせっせと蟻とキリギリスの蓄えを探しに行くのか？

アレンは毎度毎度、そのことに涙を隠し切れない。

「今ご主人様がいなくなってしまえば、あっという間に王国の名前は地図から消えてしまいます。つまり、国の存続はご主人様にかかっていると言っても過言ではありません」

「そこはほら、超強くて可愛《かわい》くて優秀なメイドさんが頑張ってくれる方向で……」

「私は一介のメイドですよ？　ご主人様をお守りするのが役目……というより、ご主人様が逃げたら私も一緒に逃げます♪」

「わぁー、うれしー……メイドの愛が退路を塞いでくるぅー」

アレンは疲れたように机へ突っ伏す。

「あぁ……国出てトンズラしてぇ。そんで女の子と遊びまくりてぇ」

そんな「行きたくない」オーラぷんぷんの主人を見て、セリアは奥の机から一枚の紙を手に取った。それをアレンへと手渡す。

「では、そんな働き蟻さんなご主人様に一つご報告が」

とりあえず、アレンはその書類を受け取って目を通す。

そしてみるみる内に顔が青くなり……もう一度、アレンの叫びが室内に響き渡った。

「ラザート連邦の兵士五千人が王国の領土に向かって侵攻中とのことです。さぁ、ご主人様――――戦争ですよ？」

「ちくしょうがァァァァァァァァァァァァァァッ！！！」

――――これはとある弱小国家のお話。

英雄だと持て囃される（トンズラしたい）第二王子が、多くの国にその名を（不本意に）広めていく物語である。

どうしてこんなことになったのだ？

ラザート連邦に所属するルーチェル小将校は目の前の景色を見てそう思った。

簡単な仕事だったはずだ。吹けば飛んでしまうような小国、軍の規模も兵力も国力も比べるに値しない相手。

こんな楽な相手の国を制圧して自国の領土にするぐらい、ボードゲームをするぐらいの感覚。

もちろん、五千人ポッキリで国を攻め落とせるとは思っていない。足掛かりの一撃を加えて連邦の勝利の立役者になるだけ。

それなのに、何故《なぜ》――

『敵、前方五百ｍまで迫ってきております！』

『小将校、指示を！』

『撤退を……このままでは、我が軍は全滅してしまいます！』

部下達《たち》の必死な声がルーチェルの耳まで届く。

そんなの、言われなくても見れば分かる。五百ｍなど、目と鼻の先なのだから。

「ふざけるなッ！　こんな馬鹿な話があるかッ！！！」

ルーチェルは拳を握り締めながら、五百m先を見て叫ぶ。

視界に映るのは、何千人もの兵士が倒れていく様子。それと、淡く光り輝く一人の青年と、霞《かす》むような霧に覆われた一人の少女。

たった二人だ。二人しかいないのにもかかわらず、ラザート連邦の優秀な兵士が何人も次々に地面へと突っ伏してしまう。

これを悪夢と呼ばずになんて呼ぶ？

数時間前の自分は「ここを踏み台にして、かの大国との拮抗《きっこう》を破る」と息巻いていたのに。

――それが、このザマだ。

夢を語るのはいいが、このままでは小国に負けたという汚名と恥を背負うことになる。

「それだけは……それだけは避けなければ……ッ！」

だが、そもそも自分は汚名と恥を持って帰れるのだろうか？

何せ自分はこの部隊を率いる長。戦争を終わらせようと思うのであれば、この大将首を――

「ようやく辿《たど》り着いたぞ」

ふと思考の海から現実へと引き戻される。

それは、一人の青年の声が聞こえてきたことによって。

あぁ、考えている暇などなかった……やはり、五百ｍなど目と鼻の先であった。

「大将首がわざわざ出向いたっていうのに、歓迎もなし？　困るなぁ、こっちは熱いファンコールに応じてここまで来たのにラザート連邦には労《ねぎら》いって言葉がないのかね。小国のうちですら客には紅茶を出すぞ？」

姿を見せたのは金髪の青年。

琥珀色《こはくいろ》の鋭い瞳と、整った顔立ちがどこか威風を感じさせる。

だが、注目すべき場所はそこではない――――チリッ、チリッ、と。弾《はじ》けるように青白く体を覆う光。

それこそ、目を引く一番の要因であった。

「ふふっ、敵に出す紅茶はないのでしょう。ぬくぬく小屋で育った豚さんは、今日も生きるので精いっぱいみたいですので」

もう一人は、桃色の髪をサイドに纏《まと》めた少女。

あどけなくも、それでいて端整な顔立ち。吸い込まれそうな翡翠色《ひすいいろ》の瞳と、お淑《しと》やかで上品な雰囲気、戦場には不釣り合いなメイド服。

そして、霧に霞んだような歪《ゆが》んだ輪郭――――それが、異様で仕方ない。

「しかし、紅茶でもあればお茶請けを用意しておりましたのでティータイムができたのですが……」

「待て、お茶請け持ってきてんの？　ここ戦場なのに？　自分で言っておいてなんだが、お手々取り合って仲良くティータイムなんて酔狂なことはできねぇよ。差し出されるのは血で汚れた剣先だけだって」

「ですが、過度な労働は身を壊してしまいます」

「だったら戦場に行かせないでくれる!?　俺ってば王子！　過度な労働が最も似合わないボーイなんだけども分かるぅ!?」

まるで緊張感のないやり取り。

だが、それを止めようとする人間はいなかった。何せ、五百m先の光景を実際に目撃してしまったのだから。

しかし、先に現実へと戻ってきたルーチェルだけは飄々《ひょうひょう》としている二人に苛立《いらだ》ちを覚えた。

それは「小国如《ごと》きが……ッ！」という思いもあったのかもしれない。

ルーチェルは周りにいた部下の兵士に向かって指示を飛ばした。

「な、何をしておる!?　相手は弱小国家の王子！　ここで首を刎《は》ねれば、我々の勝利だ！」

その声で、一拍間が空いてしまった部下達は意識を戻して一斉に青年達へと斬りかかる。

数はざっと数十人。二人を相手にするにはかなりの大盤振る舞いであった。

けど、二人は臆さない――ただため息を吐《つ》いて、それぞれ動き始める。

「『濃く青い黄色は弾丸の如く《ルー・アルガンテ》』」

青年は向かってくる兵士に指を向けた。

その瞬間、纏っていた青白い光が兵士達の胸へと貫通するように突き刺さる。

胸に光を通してしまった兵士達は、皆一様に口から焦げ臭い煙を吐いて地に倒れてしまう。

一方で――

「あら、レディーに向かって剣を向けるなんて……ご両親からしっかりと教育を受けてこなかったのでしょうか?」

少女は、兵士達に向かって腕を振るった。

その腕から現れたのは、濃く煙のように揺らいでいる霧。触っても、特にこれといったものはない。

それが逆に兵士達の戸惑いを誘った。

だが、それは優しく無害なものではないと……青年は知っている。

「『氷固《サーブル》』」

兵士達の体を覆っていた霧が一瞬にして氷へと姿を変えていく。

全体を覆われた者は氷のオブジェに、一部だけ覆われていた者は氷に挟まれた箇所を切断された。

阿鼻叫《あび》喚《きようかん》。

青年や少女が起こした状況に、何十人もいた人間は叫び狂う。

もはや生き残った何人かは背中を向けて逃げ始めていた。

「あーあ、敵前逃亡しちゃってまぁ。お兄さんがそんなに怖かったのかね？　お化けのコスプレしているわけでもないのに」

「ふふっ、私も『トリックオアトリート』と言ってみましょうか。帰って膝枕をしてくれないと、片腕切っちゃいますよ？」

「可愛い笑みを浮かべて何を言ってるのかね君は!?　それはおねだりじゃなくて可愛さの欠片《かけら》もないただの脅迫ですことよ!?」

青年はそれを追おうとはしない。

ただ、呑気《のんき》な会話をしながらゆっくりとルーチェルの下へ歩くのみ。

（な、なんなのだこいつらは……ッ!?）

小国の第二王子、顔ぐらいは知っている。

若冠十八歳にしてウルミーラ王国の軍のトップに就いた男。

それでいて――小国を勝利へと導く魔術師。

（侮っていた……完全に、弱小国家だからといって侮っていたッ！）

魔術とは、魔法の極致。

既存の属性、様々なレベルの呪文全てをマスターし、既存の魔法には存在しない……本人にしか扱えない魔法を使用し、オリジナルへと昇華を果たしたものが魔術と呼ばれる。

そこに至った者は、世界でも数少ない。

魔法大国のルーゼンですら、魔術を扱う人間はたった十数人しかいないときた。

それぐらい魔術師になることは難しく、既存の魔法を超えるのは困難なのだ。

「魔法士もいない、熟練の騎士もおたくらご自慢の次世代兵器すらもなくてそこいらの騎士だけで攻めてくるって馬鹿か？　無駄に王都から歩け歩け大会してきただけじゃねぇか。別に座りっぱなしで運動しないと体に悪いとか嘆いちゃいねぇんだよ、こっちは」

その言葉はようするに――――「楽勝だったよ、いえーい☆」という意味。それがどれほど屈辱的か。

軍を率いる長のルーチェルは思わず歯ぎしりをした。

「こ、この弱小国家の王子風情が！」

「この豚……ご主人様を、馬鹿にしましたね？」

「待て待て待て。ここで殺しちゃあかんでしょ、知らんけど。殺してあとで何か言われるぐらいなら生かしておいた方がいいって」

手を振ろうとした少女を、青年が制す。

そして――

「まぁ、そっちがどんな大義名分でっち上げてきたか知らんけどさ」

青年は、ルーチェルの頭を摑《つか》んで顔を覗《のぞ》き込んだ。

「……こっちには帰る家がある奴《やつ》らがいっぱいいるんだ。私利に塗《まみ》れたくだらねぇ戦争は、さっさと終わらせようや」

◆◆◆

「皆、本当によくやってくれた」

日も沈み、静けさだけが辺りに広がる。

そんな中、松明《たいまつ》の光を浴びながら一人の青年は語り始めた。

「圧倒的な差……それにもかかわらず、誰一人として欠けることなく無事に此度《こたび》の戦争に幕を下ろせた」

観衆の視線を受けるその青年はしみじみと、それでいて誇らしく語る。

一言一句、重みのある言葉はこの場にいる者全てを飲み込んだ。

聞く者は真剣に、それでいて同意するように無言で応える。

「それもこれも、皆が気持ちを一つにした結果だと俺は思っている。そのおかげで、我らは今日もまた戦争に勝利できた。だから……だから――」

そして、青年は勢いよく顔を上げて皆の視線に目を合わせる。

そして思い思いに、この今抱いている気持ちを大声で叫ぶのであった。

「これで帰って女の子と遊べるぞぉぉぉぉぉぉぉぉぉぉぉぉぉぉぉぉぉぉぉっ！！！」

『『『『いやっふぅぅぅぅぅぅぅぅぅぅぅぅぅ！！！』』』』

……まぁ、その気持ちは些《いささ》か煩悩にまみれているが。

「我が軍の勝利を祝して……かんぱぁぁぁぁぁぁぁぁぁぁぁぁぁぁい！！！」

『『『『かんぱぁぁぁぁぁぁぁぁぁぁぁぁい！！！』』』』

ウルミーラ王国、ラザート連邦国境付近の村にて。

壮大な男共の雄叫《おたけ》びが響き渡る宴《うたげ》が始まった。

名目は『防衛戦勝利』。村の人間に断りを入れ、お金を支払って、今日という日の労いを行っていた。

この場には先のラザート連邦との戦争に参加した兵士がざっと五百名ほど詰め寄せている。

冷静に考えると、五百人ほどの軍勢がその十倍もの軍勢を破ったのだから凄《すご》いことだ。

それ故、兵士達《たち》の盛り上がりは凄《すさ》まじい。

そして、今回の戦争勝利の立役者である青年は――

「さぁさぁ、飲め飲め！　一人も死なずに生き残れたことを喜ぼうじゃないか！　なーに、金や明日のことなんか気にするな！　妹や父上にどやされようとも耳栓買って説教を右から左に流すから存分に使いまくれッッッ！！！」

『流石《さすが》は俺達の大将！』

『英雄様は言うことが違うぜ！』

『その太っ腹は女にモテること間違いなし！』

「がーっはっはー！　持ち上げても酒と飯しか出ねぇぞありがとぉぉぉぉぉぉぉぉっ！！！」

同じように盛り上がっていた。

それはもう、宴会場の中心で酒を飲みながら上半身裸になるぐらいには。

「ご主人様、流石にはしたないのでせめて上は着てください」

「おうおう、セリアさんよぉ！　そんな男慣れしてないうぶな乙女みたいにけちぃこと言うなって。知ってるか？　今時は経験ない女よりも優しくリードしてくれる女の方がモテ――」

「えいっ♪」

「るウウウウウウウウウウウウウウウウッ!?　足関節は首の上には向かなァァァァァァァァァァァァァァァァァァァァァァァァァッ!?」

目にも留まらぬ速さでアレンを蹴倒し、馬乗りになって足を曲げるセリア。

盛り上がりから叫びに一変した様子を見て、兵士達からどっと笑いが起きた。

どうやら、皆から二人は親しまれているみたいだ。

「し、しかしなんだろう……背中から伝わってくるふくよかかつ一部が元気になるようなこの柔らかさは……ハッ!?　こ、これは……若き美少女の尻の感触なのではなかろうか!?」

『な、なんだと!?』

『セリア様のお尻の感覚!?』

『大将、代わってくれ！　その体勢は何故《なぜ》か魅力的に映る！』

『馬鹿っ！　セリア様の尻の感触を味わうのは俺が先だ！』

それでいて、皆アレンと同じ頭の持ち主だったようだ。

なんというか、戦場を潜《くぐ》り抜けてきたばかりの歴戦の猛者《もさ》とは思えない煩悩っぷりである。

「は、恥ずかしいのでやめてくださいっ」

「やっぱり尻より足関節いたァァァァァァァァァァァァァァァァァァッ!?」

アレンの体が氷面ではなく地面の上でのイナバウアを見せ始めると、こぞって集まり始めた兵士達は各々席へと戻った。

どうやら、尻よりも己の足関節が大事だと悟ったようだ。

「大将も相変わらずだな！　女の尻に敷かれているところとか特に！」

しかし、最後まで残っていた男が一人。

兵士達の中で一際目立つほどの体軀《たいく》のよさ。服越しからも分かるずっしりと厚い筋肉にいかつい顔つき。アレンとは一回り弱ほど歳《とし》が離れているだろう。

——スミノフ。

アレンの次にこの兵士達を束ねる男であり、王国の兵士長でもある人間だ。

実力はアレンやセリアには劣るが、紛《まご》うことなき実力者。剣の腕に長《た》け、剛腕から放たれる一振りは他の追随を許さないほど磨かれ、威力を持っている。

恐らく、アレン達を除いた兵士が束になっても勝てないだろう。おかげで、この戦争においても大きく貢献してくれた。

欠点があるとすれば、戦闘大好き変質者という部分だ。アレンとは正反対である。

「……この構図は確かに尻に敷かれているな」

「ガハハッ！　そりゃ、相手が姫さんだからな！　大将にとっちゃ一番尻に敷かれる存在だろうよ！」

アレンが痛めつけられているのにもかかわらず、スミノフは豪快に笑う。

心配という様子が一つも伝わってこないが、逆にそれが彼らの距離の近さを表しているのだろう。

「……それで、どうだ？　姫さんの尻の感触は？」

「控えめに言ってごっつあんです」

「だから、恥ずかしいと言っているではありませんかっ！」

「足がVからXに変わるぞこれいてぇぇぇぇぇぇぇぇぇぇぇぇぇぇぇぇッッッ！！！」

あとはYを試してみればオールクリアだ。

「もう、そういうことは言わないでくださいね、ご主人様。平和主義の私でも流石に怒ります」

「い、いつか一緒に国語を勉強しような……ッ！」

「スミノフも、変なことを口走ると……裸にひん剝《む》いたまま氷のオブジェにして王城に飾りますよ？」

「おー、怖い怖い。できれば姫さんには慎みを覚えてほしいものだなぁ」

スミノフは肩を竦《すく》めてそのまま離れていく。その姿を見て、セリアは一つため息を吐《つ》いた。

平和主義の言葉を今一度学び直してほしいと思ったアレンは、解放された足関節をさすりながら酒を一杯呷《あお》る。

若い内から酒にハマるのはいかがかと思うが、ほどよく回るアルコールはどうにもやめられそうになかった。

「しっかし、今回もよくやってくれたよ皆。敵さんは三千人ぐらいだろ？　それなのにたった五百人で国境を防衛するとは」

「そうですね、残りは私達が大将首を獲《と》るために倒しましたが、残っていた皆様はよく防衛してくれました。まぁ、大半はスミノフでしょうが」

「流石は戦闘狂。どうせお茶の間の空気を読まずに笑いながら剣を振ってたんだろうな」

今回の戦は至って単調なものであった。

正面突破。敵が国境から自国の防衛ラインを突破するように攻めてきたため、防衛側と特攻側に分かれて戦うような形になった。

防衛は比較的攻めるよりも簡単だ。その場から動かず、身を隠す場所も多い。

そうであったとしても、約六倍もの兵士を相手に誰一人として欠けずに守り切ったのは賞賛に値する。

もちろん、たった二人で二千人もの兵士を相手にしたアレン達の方が大概ではあるのだが。

「うちの兵士が強くなってんだったら、俺が引退しても大丈夫なんじゃ？　いつか王城であぐらをかきながら遠隔で戦いを見守る画期的な方法も導入可能なのでは？」

「素晴らしい夢物語ですね。ご主人様は私の膝枕なしでも今日はきっといい夢が見られますよ」

「諦めたらそこで戦争終了ですぜ嬢ちゃん。何事もチャレンジだ、世の中の技術全てはチャレンジと勇気によって創りあげられてきたんだぞ」

「では、ご主人様がチャレンジによってこの方々をむざむざ死なせてもいいというシュールなお考えであれば、画期的でクリーンな戦争を始めましょう」

「……はい、また行けばいいんでしょう戦争に。ったく、クリーンで画期的じゃなくていいからせめて少しでも王族優遇を考慮してほしいぜ」

ブツブツと拗《す》ね始めたアレンに、セリアは頭を撫《な》でてあやす。

命を張りたくないのに、部下が傷つくのを嫌がる。

そんな矛盾じみた優しさが、セリアの胸の内を温かくした。

故に、こうして頭を撫でてしまうのも衝動的なものである。

「弟を犠牲にして王城でぬくぬく育っている兄貴め……今回の戦争で勝ったんだから、賠償金ふんだくって働き蟻《あり》さんを増やしてくれなきゃ許さねぇ。未《いま》だにキリギリスから蓄えを守るので必死なんだから」

「どうせトカゲのしっぽ切りですよ、ご主人様。ラザート連邦は小国が集《つど》ってできた大国……代わりなどいくらでもいますから。兵士の増強など夢のまた夢ですね」

「それでも、俺は……隠居して女とキャッキャウフフする未来を諦めないッ！」

「何歳になれば叶《かな》うのでしょうか、その夢。私は死ぬまでご主人様と王城で楽しく過ごす未来が見えてしまいます」

「ちょっと待ちなさい、なんだよその現実的で一番あり得そうな未来予想図は!?　こらこら、ボケなんだろう？　酒の入った席でポールダンスができないからちょっと客を盛り上げようとした気遣いなんだよな？」

「ちなみに私はそういう未来でもいいと思っています♪」

「はっはっはー……さっさとこの国出てトンズラしてえぇぇぇぇぇぇぇぇぇぇぇぇぇぇっ！！！」

その叫びは残念ながら盛り上がる兵士達の声で掻《か》き消されてしまう。

無事に今回も戦争で生き残ったものの……アレンが女の子に囲まれて平和な日を送る未来は、まだまだ遠そうであった。

◆◆◆

アレン・ウルミーラが軍のトップの席に座ってからの戦績は二十二戦二十二勝〇敗。

こうして見れば、わずか一年ほどしか時間の経過がなかったはずなのに随分と戦争が多いものである。

連邦、魔法国家、帝国、神聖国。四《よ》つ巴《どもえ》の渦中ですぐ狙われてしまうのだから仕方ないのかもしれないが、各国のお偉いさんはよほど戦争がお好きなようだ。

それもこれも、アレン・ウルミーラという第二王子の功績が大きい。

だが、それだけではないということを各国も自国も充分に知っている。

その者は、アレンと同じ魔法を極めし魔術師という領域に足を踏み入れた少女であった

「ふふっ、新しい茶葉が手に入りました♪」

連邦との戦争が終わり、王城の廊下にて。

今から素敵でメルヘンな鼻歌でも歌ってしまいそうなほど上機嫌なメイドが一人歩く。

サイドの桃色の髪を揺らしながら、スキップすることなく上品に廊下を進む姿はまるでどこかのお姫様だ。

目指すはアレンの部屋。いいことがあれば主人と共有したいと思うのがメイド心……いや、多分な乙女心故だろう。

（ふふっ、ご主人様とティータイムです。戦争で頑張ったご褒美ぐらいはいただいてもいいでしょう……そうです、頭を撫でてもらうのも追加ですね♪）

美しく可愛《かわい》らしい笑みを浮かべ、両手で大事そうに抱えている袋の中身を確認する。

そして、更に笑みを深めるのだ。

よっぽど紅茶が好きなのだろう——メイドにしては珍しい。

「セリア様、おはようございます！」

廊下を歩いている最中、巡回中の騎士が敬礼して挨拶をする。

セリアは片手で軽くスカートを摘《つ》まむと、そのまま綺麗《きれい》な一礼を見せた。

「おはようございます、今日もご苦労様です」

「そんなっ！　皆様に比べればこの程度！」

「こうして私を含めて皆様が安心して暮らせるのもあなたのおかげですよ。警備、頑張ってください」

労《ねぎら》われたからか、近くでセリアの顔を見てしまったからか。

騎士は顔を真っ赤にして「頑張ります！」と大きな声で返事をした。

今日も平和ですね。セリアはそんな騎士を見て微笑《ほほえ》ましく思い、そのまま歩き始めた。

すると今度は——

「よぉ、姫さん」

「スミノフですか」

大剣を背負い、何気なしに手を振るスミノフと出会った。

「今から大将のところか？」

「そうですが……邪魔するおつもりですか？　唯一の楽しみを奪うなら、それ相応の覚悟を持っていただきたいものです」

「待て待て待て。別に俺は姫さんの邪魔をするわけじゃねぇよ。まぁ、姫さんと戦うっていうのはそれはそれで面白いとは思うが」

「修繕費用はあなたの懐から出してくださいね」

「……こうなるから姫さんと中々戦えねぇんだよなぁ。大将も面倒臭がるしよぉ」

戦闘狂のスミノフは露骨に落胆した。

しかし、慰める気すら起きない。セリアはアレンほど戦争が嫌いというわけではないが、好きで戦いたいわけでもない。

「どうせ、嫌でもすぐに戦争が起きますよ。ご主人様は店先で手招きする招き猫ですので」

「かかっ！　そうだよなァ！　だから大将の下で働いてんだ！」

それじゃあな、と。スミノフはもう一度手を振ってその場から離れていった。

（あの戦闘狂は女性受けしないでしょうね……まぁ、私には関係のない話ですね）

スミノフを見送って少し歩くと、辿《たど》り着いたのは一つの部屋。

自分の主人が寝泊まりしている部屋であり、自分がよく過ごしている場所だ。

セリアはノックすることなく茶葉を抱えて部屋へと入った。

すると、部屋には書類と睨《にら》めっこをしながら真剣に何かを考えているアレンの姿が。

あら珍しい、と。セリアはアレンの背後へと近づいて徐《おもむろ》に背中から抱き着いた。

「何をされているのですか？」

「こちらこそ問おう、何をしているのかと？」

「私は抱き着いています。そちらは？」

「おほぅ、君には理由を聞きたかった俺の意図は汲《く》み取れなかったようだ。気をつけろぉ、何も理由がなければ主人がメイドのマシュマロを味わうだけの構図が完成してしまう恐れがあるから！　記者に捕まったら一発で炎上するぞ！」

金を払って娼館《しょうかん》に行くならまだしも、一介のメイドに手を出せばどんなことになるのか？

これだから王族というのは色々と難しい。

「でも、いずれは炎上することになるのですから、遅かれ早かれの問題です。ふふっ、火山の噴火も地震もいつかは起こるものですし、気にするだけ無駄ですよ」

「え？　これって自然現象枠の話だっけ？」

恐らく乙女心枠の話だろう。

ただセリアはご主人様に甘えたいだけである。

「それで、ご主人様は何を考えていらっしゃったのですか？」

軍事を担当するアレンは基本的に公務が少ない。

ただ戦争に行って勝利を収める。そこで発生する金銭面は基本セリアに一任しているので、あまり書類と睨めっこをする機会などないのだ。

加えて、人員補充や戦場の斡旋《あっせん》、事後処理はもちろん他の兄妹に押し付けている。

それなのにどうして？

もしかして、何か大事でも起こったのだろうか？

セリアは少し心配に――

「いや、トンズラした先の一軒家を探していてな……」

ならなかった。

「はぁ……また夢物語ですか」

「ばっかっ！　マイホームは人生の一大事だぞ!?　広さ、間取り、場所、環境、etc……大金を払い、生涯ずっと暮らしていく場所は将来の家庭に影響を与える！　飽きたらサンタさんがトナカイ引っ張ってプレゼントしてくれるわけじゃねぇんだ！　どんないい子ちゃんでも、夢のマイホームは真剣に考えるべきだと商会は釘《くぎ》を刺した方がいいと思う

ね！」

「そもそも隠居できないのでマイホームなど必要ないのでは？」

「………」

身も蓋もない発言に、アレンの顔が悲しみに染まる。

マイホームのチラシをゆっくりと悲哀に満ちた背中で畳んでいき、机の引き出しにしまう。

その姿が妙にいじらしく、セリアは抱き着きながら頭を撫《な》でた。

「そういや、兄貴は連邦から金をふんだくれたかなぁ」

「今まだ交渉の段階みたいですが、やはりトカゲのしっぽ切りみたいです。手に入ったとしても、皆に黙って賭博で負けたあの小将校の全財産ぐらいでしょう」

「先走って失敗しても誰も助けちゃくれない、か。やっぱり信頼って大事だよね、無償の愛の偉大さが分かる一件だ」

人が多く、権力者も豊富な大国というのも考えものである。

お偉いさんのストックが多すぎて人望も食紅に大量の水を注いだ時のように薄い。

ウルミーラ王国の弱小っぷりに初めてメリットを感じたアレンであった。

「まぁ、そっち方面は兄貴に頑張ってもらうとして……ちょっくら行ってくるか」

そう言って、アレンはゆっくり立ち上がる。

そのせいでセリアの抱き着きが剝がれてしまい、彼女は寂しそうに唇を尖《とが》らせた。

それにどうにも罪悪感をそそられてしまい、アレンは苦笑いを浮かべながらセリアの頭を撫でた。

「これで誤魔化されませんから……」

「おっと手厳しい。うちのパートナーは甘えん坊さんだったようだ」

そうは言いつつかなり満足できたのか、セリアの口元が緩み始めた。

ほんと可愛いなこいつ、と。自分のパートナーの魅力に改めて気づいたアレンであった。

「しかし、どちらに行かれるのでしょうか？」

「それはもちろん、抗議に」

「えーっと……誰に対してでしょう？」

「決まっているだろう!?」

アレンはビシッと、天に向けて指を突き立てた。

「戦争多くて参っている弟にそろそろ隠居の許可を与えるべきだと、兄貴に抗議してくる！」

あ、クソどうでもいいやつです。

張り切っているアレンを見て、セリアは小さくため息を吐《つ》いた。

だが、次の瞬間……アレンの発する言葉を聞いて花が咲いたような笑みを浮かべるのであった。

「でも、その前にセリアとのティータイムだな。今日も美味《おい》しいお茶を頼むわ」

「ふふっ、最高のお茶をご用意しますね」

こうして用意した茶葉を見て忘れずに付き合ってくれるのは嬉《うれ》しい。

(まったく、こういうところが大好きなんですよ)

◆◆◆

――俺は一体何故《なぜ》ここにいるんだろう？

アレンの脳裏には、そんな言葉しか浮かばなかった。

『守れ！　誰一人としてここを通すな！』

『王国の底力を見せつけろ！』

『人数少ねぇからってなめんじゃねぇぞ！』

『国なんて関係ねぇ！　女の命を狙うクソ野郎は容赦するな！』

激しくぶつかる金属音、魔法によって充満する焦げ臭い匂い、響き渡る怒号と雄叫《おたけ》び、命と勝利を天秤《てんびん》に掛けているが故のヒリつく空気。

あぁ、言うまでもなくここは戦場だ。

そして、戦場があるということは――今行っていることこそ、戦争である。

「なんで戦争なんかしてんだよ俺はぁぁぁぁぁぁぁぁぁぁぁっ！！！？？？」

確か自分はトンズラさせてほしいと抗議に行ったはず。

それなのに、何がどう転んでトンズラとは正反対な戦場に足を運んでいるのだろうか？

「大将！　こいつら全部倒していいんだよな!?　なぁ!?」

「どうしてお前は食卓に並んだご馳走《ちそう》に目を輝かせてんの!?　どっからどう見ても嫌いな料理のフルコースだろうが!?」

「ご主人様、戦いに集中しないと三途《さんず》の川への片道切符が無料で配布されてしまいますよ」

セリアが横で迫る敵兵を蹴り倒していく。

こうして自国の兵士と競っているのだから、見れば分かる通り敵兵はすぐそこまで迫っていた。

「……なんで、こんなことに。ただトンズラは申し訳ないから隠居を希望して戦争から離れようと思ったのに」

「夢物語を語る前に、早くこの敵兵を倒してしまいましょう――そうでなければ、後ろの皇女様を守れませんよ？」

「チクショウ！　今波に乗っている芸能人は休ませず使おうってか!?　マジでトンズラこ

くぞクソがぁぁぁぁぁぁぁぁぁぁぁぁぁぁぁぁぁぁぁあっ！！！」

アレンの叫びは戦場に響き渡る。

さて、どうしてこんなことになったのか？

それは、数日前の抗議の日まで遡る――

◆◆◆

「兄上様……どうか、わたくしめに隠居のご許可をッッッ！！！」

抗議というよりかは懇願。

必死さがありありと伝わってくるその言葉を吐いたアレンは、一国の王子の姿とは程遠い華麗な土下座を披露していた。

その姿を見ているのは、アレンの傍《そば》にいつも寄り添うメイドのセリアと――

「うん、普通に考えてダメだよね」

アレンと同じ金髪に琥珀《こはくいろ》色の瞳。

どこか大人びた雰囲気を漂わせながらも、気品と威厳を醸し出している好青年であった。

ウルミーラ王国第一王子――ロイ・ウルミーラ。アレンの実の兄であり、主に外交を担当している。

「そ、それがダメなら妥協して二十年ぐらいの休暇を……」

「妥協が終わった頃には王国が地図から消えてるね」

「弟を戦場に行かせて兄として心は痛まないのか!?」

「僕も常日頃他国から命を狙われているからお互い様だよね」

そんなロイは、アレンの懇願を華麗にスルーしていた。

とはいえ、ロイの発言は至極ごもっとも……アレンがいなくなってしまえば、間違いなく他国に攻められて終わってしまう。

何せ、アレンがいなくなればセットでセリアもいなくなるため、王国には魔術師がいなくなる。

そうなれば、瀕死《ひんし》の動物に群がるハイエナのように食い物にされるだろう。

「……いいのか、兄貴？　そこまで頭ごなしに否定するんだったら、俺にだって考えがある。具体的には誰にもバレずに夜中にこっそり抜けてこの国からトンズラするぞ!?　俺が本気を出せば魔術師でもない相手から逃げるのだって造作も――――」

「セリアくんにお願いしてあるから大丈夫だよ。アレンを逃がさないようにって」

「はい、決して逃がしません」

「退路」

セリアが相手だと少し厳しい。

綺麗《きれい》に逃げ道を塞がれているような気がして涙が出そうであった。

「ふふっ、ご主人様がどうしてもこの国から出たいというのであればお連れいたしますし、お供いたします」

「じゃ、じゃあ……ッ！」

「ですが、そうはならないという確信めいた予感もあります♪」

王族故の責務、それでいて「帰る家のある者を見捨てられない」という優しさ。

逃げたいというのは本音だろうが、国民を見捨ててまでは逃げられない。

それが分かっているからこそ、セリアはにっこりと笑うのであった。

「どうして俺は王子なんかに生まれてきてしまったんだ……神様、これって明らかにミスだろ。宴会中のストリップショーに夢中で生まれる子供をうっかり間違えたんじゃねぇだろうな？」

「だったら僕は神様に感謝しないといけないね」

「私もこれからは教会へ足しげく通って感謝のお祈りをするようにいたします」

神様に恨みを抱くのも一人だけ。

これだと神様が修正してくれることなどないだろう。

アレンの瞳に涙が浮かぶ。本当に、軍のトップに就いてから涙脆《もろ》くなったような気がする。

「まぁ、でも早くこの国を発展させなきゃね。他国から攻められず、戦争も少なくなれば弟の負担も減る……我儘《わがまま》言っているけど、僕だって弟を戦争に行かせることに心苦しさぐらいは覚えているから」

「……だったら、せめてお小遣いのアップを。この前の宴会代を何故か俺が支払うハメになって金がないんだよ」

「許可もなく勝手に宴会するからでしょ。王子といっても、うちの財政は常に火の車なんだからね」

「このままじゃ、綺麗なお姉さんと会うお金が……ッ！」

「んー、国庫のお金は妹《アリス》が担当してるから僕からはなんとも。それに――」

ロイはチラりとセリアの方を見る。

「セリアくんが許してはくれないと思うけどね」

「は？　何言ってんだよ、兄貴？　別にたかが娼館《しょうかん》に行くぐらいでセリアの許可を取る必要なんかないじゃないかだって腕関節がすでにあらぬ方向に曲がっているんだからァアァアァアァアァアァアァアァアァアッ！！！？？？」

メイドの少女は、アレンの腕を反対側に回して関節技をキメていた。

この光景も随分見慣れたよね、と。ロイは他人事《ひとごと》のように思った。

「さて、と。そろそろ行かなきゃ」

関節が悲惨なことになりかけている弟をスルーして、ロイは部屋を出ようとする。

「何かご予定が?」

「うん、ちょっとお客さんが来るんだ」

お客さん? はて、誰と会うのだろうか?

腕関節の痛みを味わいながら、地に伏せるアレンは首を傾《かし》げた。

「僕の担当は外交だからね。そりゃ、お客さんと言ったらそういう相手だよ」

ロイはにっこりと笑って、扉を開ける。

そして、最後の最後にアレンに向かって言葉を残した。

「ファンラルス帝国、第一皇女……今回は、そんな大国からのお客さんだ」

◆◆◆

戦争がなければ、軍が動くことなど何もない。

兵士達《たち》は訓練に勤《いそ》しんでいるかもしれないが、上に立つ者など本来は他国の情勢を頭に叩《たた》き込んでおけば紅茶とお菓子のセットを優雅に食べていても問題はないのだ。

とはいえ、他国のお偉いさんの真似《まね》ができない弱小国家であるウルミーラ王国では紅茶とお菓子のセットなど用意されるはずもない。

少ない人数で国を守っていかなければならないのだから、お偉いさんだって戦場に行く。

少しぐらいは訓練をしても……そう思うかもしれない。

だが、アレンは一人で軍勢を相手にできるほどの力を持った男だ。

訓練しようがしまいが、アレンは多くの人を救える術《すべ》を持っている。

故に、アレンは戦争がなければ何をしても問題はない。

暇を持て余して部屋でトランプに興じてもお咎《とが》めはないのだ。

「フルハウス！」

「あら、ロイヤルストレートフラッシュです」

「おいコラ待て、それは流石《さすが》にイカサマだろう!?」

場所は戻り、アレンの自室。

暇になったアレンはセリアと一緒にテーブルにトランプを並べて遊んでいた。

こういう遊びに興じる時間があるというのは素晴らしい。

平和さいこー、こういう日がずっと続くのであればトンズラなどしたいとは思わない。

強いて欲を言うとすれば、負ける度に自分の体に繋《つな》がれる鎖を外してほしいことぐらいだろうか？

「ふふっ、目の前にご主人様がいらっしゃるのに、イカサマなんてペテン師のような真似はできませんよ。ささっ、今度は首に枷《かせ》をつけましょう♪」

「くそぅ……これを外さなければ娼館に行くどころかお花を摘みに行くことすらできねぇッ！　第二王子の醜態の歴史が風に乗って街の噂《うわさ》になる前になんとしても勝たなければ！」

足、足、腕、足、腕、腕、足、腕、首。

現在、計九つの枷が。

女の子の鞭《むち》をご褒美だと喜べる人種でも流石にここまでは嵌《は》められないだろう。

とはいえ、そもそもアレンが「暇だし娼館に行くか」などと言わなければゲームすら行うことはなかったのだが。

「つ、次はブラックジャックだ！　大丈夫……これならイカサマなしの純粋な運勝負！」

「ご主人様は堅実にお金を稼いだ方がいいタイプですね。投資や賭博をさせないよう私が目を光らせておかないと。でなければぼったくられて真冬にマッチを売らなくてはいけなくなるかもしれません」

「すまん、流石の俺もぼったくりだけじゃ騙《だま》されないと思――――」

その時だった。

アレンの部屋の扉がノックなしで勝手に開く。

「アレン、いるかい……って、これはまた随分と楽しそうな姿をしているね。僕は弟の趣味をきちんと把握できていなかったみたいだ」

「勝手に入ってきて変な勘違いしないでくれる⁉　そっちの上級者になった覚えは微塵《みじん》もねぇよ、鞭じゃなくて飴《あめ》だけで生きていたい人間なんだよこっちは⁉」

苦笑いを浮かべるロイ。

それを受けて心外に心外を重ねてんじゃねぇよと、アレンは真っ先に抗議をした。

「それで、いかがなさいましたかロイ様？」

一つ一つ枷を外していくセリアが尋ねる。

確か、帝国の第一皇女と会うと言っていたはず。あれから時間も経《た》ってないし、一体なんの用なのか？

その答えは、ロイの後ろからひょっこりと顔を出した一人の少女によって明かされた。

「あら、あれが王国の英雄さんかしら？」

腰まで伸びた艶やかな銀の長髪。美しく、気品に満ちた雰囲気と顔立ち。

どこか見透かされているような鋭いスカーレット色の瞳とスラッとしたプロポーション。

街を歩けば、老若男女の目を引いてしまいそうなほど綺麗な人であった。

セリアも大概だが、この子もドがつくほど美少女だ。

「どちらさん？　こんな美少女を見たことがあったら脳内フォルダが頑張って機能してくれると思うんだけど、全然応答してくれない」

知らないことであれば自称優秀な脳内フォルダさんも機能はしてくれない。

そのため、アレンは見蕩《みと》れるよりも先に首を傾げる。

そんなアレンに、セリアはそっと耳打ちを始めた。

「ファンラルス帝国第一皇女――リゼ・ファンラルス様です」

ファンラルス帝国。

大陸の中でも最も歴史が古く、広大な領土を誇る大国の一つである。

何より特徴的なのは、突出した軍事力である。

魔法士、騎士を多く抱え、他国と戦争を起こし、勝利することによって領土を広げてきた軍事国家だ。

「へぇー……って、なんでそんな皇女様が俺のところに来てんの？　色紙持ってサインをもらいに来たわけじゃなさそうだし、物見遊山でもしに来たのか？」

「ご主人様はついに観光名所へとジョブチェンジを果たしたようですね」

「決めポーズでもした方がいいかな？　写真映え狙うんだったら、バラを口に咥《くわ》えて黄昏《たそがれ》た方が絵になりそうな気がする」

なんてことをヒソヒソと話してはいるが、もちろんそうではないということは分かりきっている。

だからこそ余計に分からないのだが、そんなアレンを無視してリゼはアレンに近づいて手を差し出してきた。

「初めまして、王国の英雄さん――私はリゼ・ファンラルスよ」

「ご丁寧に――アレン・ウルミーラです」

挨拶されたからには挨拶を返さなければならない。

アレンはリゼの手を握ると、後ろにいるロイの顔を見た。

「んで、どうして俺のところに？　言っちゃ悪いが、外交は全部兄貴の担当だろ？　俺の目の前に戦争常連客が現れたら殴る蹴るの接待しかできないんだが」

「いきなり物騒なこと言うわね……まぁ、多少なりともうちに非があるわけだし、今の発言は聞かなかったことにしましょう」

戦争ばかりであっても、国が存続していく以上他国との貿易は欠かせない。

そのため、一定ラインを設けてどの国だって戦争の裏側では外交を始める。

ただそれは裏側の事情であって、表で泣きながら剣やら矢やら魔法が飛び交っている場所で社畜根性剝《む》き出しに頑張っているアレンには関係のないこと。

戦争を吹っかけられるが故に迷惑を受けているのだ。

多少なりとも鬱憤や恨みがあっても仕方ないこと。

「結局、俺に何をしろって？　敵国のお偉いさんの接待なんて大役はできねぇぞ。綺麗な花束とか洋服店とか、女の子が喜ぶデートスポットなんて知らねぇし。そういうの含めて俺達兄弟で役割分担したんだろうが」

アレンの言葉に、ロイは申し訳なさそうに頬を掻《か》く。

「あー、うん……そうなんだけど、今回は僕だけじゃなくてアレン、アレンの担当でもあるんだ、――」

「さらばッ！」

その言葉を聞いた瞬間、アレンは一目散に窓の外を目指した。

だが、忘れることなかれ。

ロイ達が現れてから、セリアはアレンの枷を外し始めた。

つまりは、まだいくつか残っているわけで――

「んどふっ!?」

足に残っていた枷に引っ張られ、アレンは盛大にコケてしまう。

セリアはそんなアレンを心配して近づき、汚れた顔を拭きながらいつものように。

「ふふっ、ご主人様……どうやら戦争のようですよ？」

「Damn it!!!」

飛びっきりの笑みを浮かべながら、そう言い放つ。

そもそも、外交担当の兄が仕事の話を持ってきた時点で戦争であることは明白だった。

何せ、軍が外交に関与するのは他国への介入か防衛しかないのだから。

――逃亡に失敗したアレンは部屋を移動し、客間へとやって来ていた。

並んで座るのはロイとアレン。対面にはリゼが腰を下ろしている。

セリアは、皆のためにメイドとして隅で紅茶を淹《い》れていた。

そんな様子を見て、リゼは苦笑いを浮かべる。

「今更ながら思うけど、よくもまぁ魔術師をメイドとして働かせるなんてバチあたりなことしてるわね。帝国でも、魔術師の存在は貴重で侯爵並みに優遇されるものなのだけれど」

「それは本人に聞かせてやってくれ。別に開示しても問題ない情報だが、あれは完全に本人の意思だ」

「へぇー……随分と見上げた忠誠心ね。力があるのなら欲を出しそうなものだけれど」

「といっても、忠誠心は全部アレンに向けられているよ。アレンが他所《よそ》に行ったら平気で行ってしまうけどね」

へぇー、と。

どこか感心したようにリゼが頷《うなず》く。

その話を傍《はた》から聞いていたセリアは紅茶を皆の前へと置いていった。

「ふふっ、私はご主人様に救われた身ですので。今更権力や富を欲しようとは思いません。

プチコラムですが、金銀財宝よりも徹夜明けのご主人様の寝顔の方が私を釣る格好の餌ですよ」

「あら残念。王子を勧誘するより傍《そば》付《つ》きを懐柔した方が早いと思ったけど、その話を聞けば先に王子を懐柔した方がお得そうね」

「戦争から遠ざけてくれるのであれば真剣に一考しよう」

アレンがそう言うと、リゼは肩を竦《すく》めて諦める。

魔術師の存在意義など戦場にしかないため、戦争したくないと言われてしまえば断られたのと同義だ。

本人は本気で戦争から遠ざけてくれたら靡《なび》くつもりだったのだが、本性と願望を知らない帝国民はそれに気づかない。

「んで、そろそろ本題に入ろうぜ兄貴。どうしてリゼ様の来訪が戦争に繋がる？　俺は戦争したくない平和主義なボーイさんだからな、ご近所同士の痴話《ちわ》喧嘩《げんか》とかって話だったら背中向けてトランプ遊びに戻るぞ」

「残念ながら、広義的な言い方をすれば新発売の玩具《おもちゃ》を取り合う兄妹喧嘩が国交に介入しちゃった感じだね」

「痴話喧嘩よりタチ悪い話じゃん」

他人同士ではなく身内の揉《も》め事《ごと》。

それに他国を巻き込むのだから、これほど迷惑な話はないだろう。

だからか、アレンは「そんな前置きなら帰る」と言って席を立とうとする。

しかし、それをリゼが制した……腕に抱き着くような形で。

「おい、離したまえよレディー？　美少女に抱き着かれたら席に座るしかなくなるじゃないか。ふくよかな感触に体の一部が元気になってしまいます」

「ふふっ、随分と素直ね……そういう人、私は嫌いじゃないわよ？」

「騙されんぞ！　隣に住んでるオバサンの体重が二kg増えたとかそんなしょうもない理由で戦争なんかやってられ――――」

「それどころか、結構タイプかも♪」

「よし、続きを聞こうじゃないか兄貴」

どこまでいっても現金な男であった。

「チッ」

「聞こえてますよセリアさーん！」

傍だからこそ、パートナーの舌打ちがよく聞こえる。

それどころか、顔を顰《しか》めて目も合わせてくれないその姿は完全に不機嫌の表れだった。

アレンは関節の危機を感じて大人しく座る。

ちなみに、さり気なくリゼはアレンの横に腰を下ろした。

二人がけの席に三人が座ってしまう体勢になり、ロイは「お邪魔かな」と対面の席に座り直す。

「話は戻るけど、今回リゼ様はレティア国に赴くためにうちへ足を運んでくれたんだ」

「レティア国って言ったら魔法国家を挟んだ先の国だよな？　どうしてまたそんなところに」

「簡潔に言ってしまえば味方集めね。今、帝国では継承争いの真っ最中なの」

「……そういえば、そんな話もあったな。そのせいで実績ほしさのやんちゃボーイが蛮勇ふるって何度かうちに攻めてきたもん」

「それに関してはうちの愚兄が申し訳ないわ……多分、第二皇子の下が勝手に動いただけだから」

　どの大国も攻め落とせなかった小国を攻め落とした。

　これほど美味《おい》しい実績はないだろう。

　継承争いも他の皇族より優位になり得るため、誰も手に入れられなかったレアな商品を何度もチャレンジして手に入れようとしたのである。

「私は即位する気なんてないわ。派閥的には第一皇子……今、帝国は第一皇子と第二皇子の二つの派閥が表立っているの」

「っていうことは、レティア国に行くのはリゼ様本人の味方というよりも第一皇子の味方を集めるため……ってことか」

「ご明察。軍だけを担当してるって聞いたからてっきりそっちはからっきしだと思っていたのだけれど、ちゃんと話が通じるじゃない」

「お褒めに与《あずか》り恐悦至極」

とはいえ、戦争の理由ぐらい理解できなければ務まらないポストだろと、低く見積もられたことに内心で少しだけムッとしてしまう。

「それで、本題はここからなんだけど……どうやらリゼ様を狙って第二皇子が攻めてきているらしいんだよね」

「どこに？」

「ここに」

「Oh……」

兄弟喧嘩がついに飛び火してしまったことに、アレンは涙目になる。

「だから、私はとりあえず早く王国から出て行こうと思うわ」

「その言葉を待っていた！」

姫を狙うのであれば「姫を救いに来た！」という嘘《うそ》っぱちの大義名分でも掲げて侵攻すればいい。

だが、そんな大義名分もなければ？　王国と戦争し、負けてしまえば不法な侵攻としてかなりの賠償を求められても応じるしかなくなる。

一番は戦争自体をやめてほしいのだが、やるなら思う存分賠償金をもらえる方を選びたい。

こちとら、さっさと国土を増やしてカモにならないよう成長したいのだ。

ここ最近、戦争に勝って味をしめてしまったから余計に思ってしまう。

「んじゃ、俺は第二皇子の派閥が吹っかけてきた時に倒せばいいんだな？」

「いや、アレンにお願いしたいのはそっちじゃない」

「恐らく、王国では戦争は起きないわ」

「えっと、それはどういうことでしょうか……？」

アレンの傍で聞いていたセリアは思わず尋ねてしまう。

「単純な話よ、私が王国を出るのであれば出た先で狙えばいいの。そうすると、どこに行っても「姫を連れ戻す！」っていう大義名分が作れるし、人も少ないから確実に私を狙える。第二皇子としては第一皇子の利益を持って帰ろうとする私を殺せればなんだっていいの。人って殺《や》りやすい方を選びたくなるでしょ？」

「目的地が分かっている以上、いちいち敵の総本山でちゃんばらごっこをする必要がないもんな」

なるほど、とセリアは頷く。

全員が納得してくれたのを確認すると、リゼは口を開いた。

「この件に関して、私が確約するのは『恒久的に帝国から侵攻をしない』ことよ。もちろん、それは第一皇子が即位してからになるけど」

そもそも「戦争吹っ掛けてくるんじゃねぇよバーロー」と言いたいところだが、弱小国家ならそれはのどから手が出るほどほしい魅力的な提案だ。

帝国は大陸屈指の軍事力を有した大国。

いくら連勝しているからといって、ガチンコで攻められてしまえばタダでは済まない。逆に帝国にとっては多少痛む傷ぐらいだ。

偉そうに上から……と思ってしまうが、その提案が本当に履行されるのであればアレンの負担もかなり減るだろう。

「それで、こちらが提供するのは英雄。つまり――――」

ロイは軍の長である弟に向かって第一王子として言い放った。

「レティア国まで第一皇女の護衛――――つまりは、護衛戦という名の戦争だ」

――で、話は戻る。

「王国を出た瞬間になんで帝国兵がいるんだよ!?　完全に待ち伏せされてんじゃん!」

現在、リゼの護衛を引き受けざるを得なかったアレン達《たち》は五百人の兵士を連れてレティア国へと向かう道中……正確に言えば、王国を出てすぐの魔法国家との国境付近で足止めを食っていた。

見晴らしのいい荒野。強いて障害物を挙げるとすれば、何年も風上にさらされてきた大岩があるぐらいだろうか。

故に、敵の姿も敵の数も残念なことにくっきりはっきり見えてしまう。

帝国兵、およそ二千。

こちらとは約四倍ほどの兵力差があった。

とはいえ、護衛に五百人など普通はあり得ないほどの数だ。心配でロイが「五百人ぐらいは必要じゃないかな?」と言わなければもっと酷《ひど》いことになっていただろう。

そもそも、何故《なぜ》二千もの兵士を集められたのか?　よほどリゼを排除したいのか……まぁ、それはさておき――

「情報が完全に漏れていますね。誰かが目を輝かすほどの宝石に目が眩《くら》んでお口が軽くなってしまったようです」

「イコール、それって単純に身内に裏切者がいるってことだよな!?　おいおい、帝国さんは強固な絆《きずな》で結ばれていますとかいう美談とかないのかよ!?」

「あるわけないでしょ」

アレンが迫る帝国兵を倒していると、後ろから声が聞こえる。

その少女は馬車から顔を出すような形で、どこか呑気《のんき》に頬杖《ほおづえ》すらついていた。

「じゃなかったら、継承争いなんか起きないわよ。兄弟仲がよさそうなあなた達王国が羨ましいわ」

「開き直ってんじゃねぇよ、詫《わ》びろよ!?　身内に裏切者がいてすみませんでしたって、上目遣いと谷間の強調を忘れずにさ!　ほら、さぁ!　それだけでうちの者と俺のモチベが上がるから!」

「やってもいいけど……今やっても誰も見られないでしょ?」

「ちくしょうがァァァァァァァァァァァァァァァァァァァァァァッ!!!」

悲しみから生まれる叫びを上げるアレンの体が青い光を纏《まと》い始める。

迫る帝国兵はそんな姿を目撃して一瞬躊躇《ちゅうちょ》するが、アレンはその隙を逃さない。

作戦は至って単純。集団の中に突っ込み、ただ敵に触れるだけ。

帝国兵は触れられた瞬間に体がビクンと跳ね、そのまま地面へ突っ伏してしまった。

まるで、海水に浸《つ》かっている最中に雷が落ちてきてしまったかのような。

「へぇー……それがあなたの魔術なのね。面白い面白い」

「呑気!? ちょっとー！ そちらのお嬢様は戦争をファンシーなパレードと勘違いしてませんかー!?」

アレンは黄属性の魔法を極めた『雷《いかずち》』の先駆者だ。

魔法とは、自然現象を自らの魔力を使って事象として引き起こすものであり、それぞれの色の属性によって引き起こせる現象が変わってくる。

たとえば、赤属性であれば火を。青属性であれば水を。緑属性であれば植物を。

自然にあるものを生み出し、それを操作していく。

アレンの魔術は黄属性の魔法を極めたものであり、それが引き起こせるものは光である。

どうして雷は落ちるのか？

それは、雲の中で起きた摩擦によって生まれたものが地上に落ちるからだ。

その光は火災を起こすこともあれば、人体を容易に焼き切ることもできる。

アレンの魔術は、魔法にはないその雷の光を研究することによってオリジナルへと昇華させたものだ。

そう、アレンの魔術は――――

「電気、ねぇ……」

リゼはアレンが纏う光を見て感心したように呟《つぶや》く。

魔術師が持つ魔術は基本的に一つであり、その一つに幅広い効果が付与されている。アレンが扱うのは電気。触れるだけで相手を感電させることもあれば、相手に向かって飛ばすこともできる。

触れるだけで相手を倒すことができるのだから、その強力性は言わずもがな。

(どうせ魔術師って名乗るぐらいだから他にも多用できるんでしょ。王国の英雄の名前は伊達《だて》じゃないわね……やっぱり、ほしいわ)

クスリと、リゼは笑う。

ここが戦場にもかかわらず、だ。

(それに──────)

戦場ではアレンともう一人。背後で嬉々《きき》とした表情を浮かべながら大剣を振り回す大男。

「はっはっは！　これが戦場、これこそが戦場！　さぁさぁ、殺ろうか！　戦争の醍醐味《だいごみ》は出し惜しみなしの戦闘だからなァ！」

振るわれる大剣は帝国の人間などものともしない。

薙《な》ぎ、振り抜かれた先には肉塊が飛び、砕けた骨の耳障りな音が響き渡る。

王国も英雄と呼ばれるアレンやセリアといった魔術師だけではない。

戦争に勝ち続ける要因の一端を担うのは、きっとこの男の存在もあるのだろう。

「っていうか、なんで俺達ばっかり戦ってんだよ!? おたくの兵士は!? 年に一回の遠足に来たわけじゃねぇだろ!? なのに、連れてきた兵士が少なすぎはしませんかねぇ!?」

「いいじゃねぇか、大将! その分、デザートが減ることもねぇぜ!」

「あほちん! この食卓に並んでるのは残飯! 誰が「ひゃっほーい!」って言いながら争奪戦を始めるんだよ、もう一回言うけど残飯なのよ、そのデザートはッッッ!!!」

戦闘狂はどこまでいっても戦闘狂であった。

「馬鹿ね、護衛のためだけに大勢の兵士を連れてきたらレティア国だけじゃなくて魔法国家にも「戦争しに来ましたー」って言っているようなものじゃない。連れてきたのは十人ぐらいよ、遠足じゃなくて身内だけのピクニックね」

「よくもまぁ、お姉さんは帝国から無事におこしになられましたもので!」

考えてみれば当たり前だ。

これから友好関係を築こうとしている相手の場所にぞろぞろと兵士を連れて行けば圧をかけているのと同義。

たとえ本人にそんな意思があるわけじゃないとしても、相手にそう思われてしまえば一発でお終《しま》いなのだ。

「ふふっ、皆さん頑張ってちょうだいね」

『『『『うぉぉぉぉぉぉぉぉぉぉぉぉぉぉぉぉぉぉっ！！！！！』』』』

リゼの一つトーンを上げた萌《も》え声（※とびきりのスマイルを添えて）を受けた王国の兵士達の雄叫《おたけ》びが響き渡る。

よくもまぁ、金属の音と怒号が響き渡る戦場で美少女の声が拾えたものだ。

『可愛子《かわいこ》ちゃんのお願いとありゃ、死ぬ気で頑張らねぇとな！』

『あの笑顔を消そうとしている帝国兵……許すまじ！』

『女に剣を向ける輩《やから》などに正義はない！』

『見せてやれ！　女を守る男の生き様がどれほど素晴らしいかを！』

「こいつら、ほんっといい奴《やつ》ばかりだなぁ!?」

「単純にご主人様と同じでチョロいだけなのでは？」

男の中の男という言葉を体現しているような兵士達に思わず涙が出てしまう。

「死にたくない！　トンズラしたい！　戦争反対！」がキャッチコピーなアレンにとっては些《いささ》か眩《まぶ》しすぎるものだった。

セリアに至っては完全にジト目だが。

「あぁ、もぅっ！　セリア！」

「はい」

「一気に片付けるから、こいつらを後ろに下げろ！」

「承りました、ご主人様」

セリアの体が霞《かす》む。

すると辺り一面を霧が覆い始め、濃い腕の輪郭が王国の兵士達へと伸びる。

そして、その首根っこを摑《つか》み思い切り後ろへと……ぶん投げた。

「姫さん、てめぇぇぇぇぇぇぇぇぇぇぇぇぇぇぶべらっ!?」

「お、おまっ！　男の中の男達になんて扱いを!?　スミノフなんか頭から落ちたぞ、頭から！」

「私の中ではご主人様だけが男の中の男ですので」

男の中の男達、総勢五百人。

セリアの熱い手ほどきにて、頭から地面へダイブしたような形になった。

「ま、まぁいい……これはある意味美少女からのご褒美だしな」

きっと本望だろう、と。アレンは渋々現実を受け入れた。

一気に相対していた王国の兵士が消えたからか、帝国兵の視線が一番前にいるアレンへと注がれる。

その視線を受けて、アレンは「やっぱり王子のやることじゃねぇよなぁ」と嘆息しながらも、腕を帝国兵へと向けた。

「『濃く青い黄色は弾丸の如く《ル・アルガンテ》』」

放たれるのは電撃の一閃《いっせん》。

青い光は幾本もの筋を伸ばし、帝国兵へと向かっていく。

だが、やはり武力に特化した大国の兵士だからだろうか、アレンが動き出したのを見て一斉に盾を構え始める。

——しかし、それも当座しのぎ。

「それだけで止められるんだったら魔術師なんて名乗っちゃいねぇよ！」

雷撃の一閃はまるで何事もなかったかのように貫通し、今度は別の兵士達の方向へと折れ曲がる。

その一閃は次々に帝国兵を飲み込んでいき、やがて全ての帝国兵を倒すまでに至った。

これが魔術師、これが英雄。

ことを終えたアレンの背中から、どことなく威風が伝わる。

（うちにも魔術師がいるにはいるけど……）

果たして王国の第二王子と張り合えるだろうか？

魔術師としてオリジナルで持っている魔術なら……まぁ、恐らく頑張れば張り合えるだろう。しかし、魔術師は基本『遠距離から放つ』ことを主軸にして戦う人間ばかり。

ようは安全圏で紅茶でも飲みながら敵を屠《ほふ》るという保身と楽を選んでしまった者が多いのだ。

そんな魔術師が、両方を兼ね備えた人間に勝てるわけもない。恐らく、同じ土俵で戦っているうちに追い込まれ、可哀想《かわいそう》な雑言だけ残して膝をつくことになるだろう。

こんな人間、眩しくないわけがない。

初めて見てしまったその背中に、リゼは何故《なぜ》か胸に込み上げるものを感じた。

「かっこいいじゃない、王国の王子様」

「えへっ、そ〜う？」

「ご主人様、鼻の下が伸びないよう腕関節を調整しましょうか？」

「無関係な腕関節ちゃんをいじめないであげてっ！」

纏う威風もいつもの調子に戻ったことによって霧散する。

けど、その方が親しみやすいわね、と。

リゼは口元を綻ばせながら近寄ってくるアレンを見てそう思った。

◆◆◆

「野宿よ」

「え？」

帝国兵との小規模な戦争が終わり、現在レティア国に向かうべく魔法国家の空白地帯を歩いている。

そろそろ日が暮れるなと思いつつ馬車の横を歩いているアレンに、馬車に乗っているリゼはそんなことを言った。

「も、もう一度おなしゃす……」

「今日は野宿をするわ」

聞き間違いでは？　と思ったアレンにビシッと断言するリゼ。

今回はリゼの護衛でこうして行動を共にしている。

いわば、クライアントはリゼ、客人もリゼ。故に、極力アレン達《たち》はリゼの意向に沿わなければならないのだが――

「ちょ、ちょっと待ってくれよお嬢さん。俺ってば王子ですよ？　誰もが頭《こうべ》を垂れて「アレン様～♡」って言い寄ってくる高貴なお方ですよ？　それなのに、いつ蜘蛛《くも》が顔の横を這《は》うか分からない大自然で寝ろと？」

「仕方ないじゃない。当初の行程が向こうにバレてるんだもの。これまで通り村に寄って寝泊まりをすれば蜘蛛じゃなくてナイフが顔を横切ることになるわ」

一度目の兵士を大量に送り込んでの襲撃は失敗した。

となれば別の手を打つ必要があるだろう。

スケジュールは把握しているので、寝込みでも襲えば最小限の人数でリゼを攻めることが可能だ。

「これだから戦争は嫌なんだよ……ふかふかのベッドと枕で寝るのはご法度なのか？　俺はアウトドア派じゃなくてインドア派なんだけど」

「ご主人様、ピクニックとか好きではありませんもんね」

「ここ最近、ピクニックばっかりしてるからね！」

それもスリルあるピクニックだ。

弁当を広げる場所には常に剣か敵兵の死体が転がっているのだから、中々にシュールなものである。

「しかし、こんなこともあろうかと……私、準備をしてきました」

「……何を？　言っておくが、望遠鏡を用意して喜ぶほど星空なんて好きじゃな――」

「快適な枕です」

「ほほう、素晴らしい」

安眠、大事。

日々疲れるような戦場で働いているからこそ、いかに快適な睡眠ができるかが重要になってくる。

そのため、快適な枕というのは海底に沈んだアレンに差す一筋の光のようであった。

「んで、その枕はどこから持ってきたの？　俺の部屋？」

「いえ、ご主人様の部屋からは着替えぐらいしか持ってきておりません」

「ん？　だったら特注か？」

それはそれでいい。

使い慣れたものであってもいいが、戦争用の枕というのも乙なものだ。

アレンは顎に手を当ててセリアが用意してくれたであろう枕に期待を膨らませた。

「用意いいわね、あなた。でも、枕って結構かさばるものじゃないの？」

「いえ、持ち運びに不便はありませんよ——何せ、私の太もももですし」

「なん、だと……ッ!?」

期待を膨らませた先の枕が一瞬にしてピンク色に染まった。

「ふふっ、どうですご主人様？　快適な枕だと思いませんか？」

「ウン、スゴクカイテキダトオモウ」

なんなら戦争用じゃなくて日常的な枕にしてほしいと思ったアレンであった。

そんなセリアの発言に、馬車の窓から顔を出しているリゼは思わず苦笑いだ。

「それだと、あなたはアレンと同じ天幕ってことになるけど……いいの？」

「手枷《てかせ》と足枷は持ってきているのでご安心を」

「なら安心ね」

「安心じゃねぇよ」

眠る主人を捕縛して何をする気なのか？

快適が不安と恐怖で薄れてしまった。

「まぁ、もう百歩譲って野宿でもいいけどさ……リゼ様的には大丈夫なわけ？　言っちゃなんだが、俺らがいるところで寝るって不安じゃねぇのかよ」

もちろん男だから……という意味も含まれている。

それ以上に、あくまでアレン達は利害が一致しているだけの協力関係。ついこの前までは戦争を吹っかけてしまっていた間柄だ。

味方ではないというのは、リゼも承知しているはず。

もしかしたら裏切って首を狙うかも。

そう思ってしまっても不思議ではないはずだ。

「その時はその時よ。どうせ安全面を考慮して柔らかいベッドに寝たって、そのうちに寝首をかかれるだけだし。第二皇子の目論見《もくろみ》通り動くなら、あなた達に殺された方がまだ今後第一皇子が動きやすいでしょ。今時、高貴な死体だけでも脅迫の方法なんていくらでも見つけ出せるんだから」

「…………」

「人はいつか死ぬ生き物。皇女として生まれたのならそれなりの意味を残して死ぬから安心してちょうだい」

なんの臆面もなく言い放ったリゼ。

まるで死ぬ恐怖なんてなく、利害のためなら死ねるとでも言わんばかりの発言。

それは、一国の頂点に立つ者としては模範的な回答だったのかもしれない。

トンズラしたいと考えるアレンとは、正反対の考えである。

だからか――

「……そんな悲しいこと言うなよ」

「え？」

「利害のためなら死ねる、みたいなことは言うな」

アレンが零《こぼ》した言葉に、リゼは思わず呆《ほう》けてしまう。

それでも、アレンは口を開いた。

「上に立つ者でも、一人の人間だ。自分を勘定に入れないなんて、それってただの人形じゃねぇか。責務も義務も大義も立派なものだろうがさ、その前にリゼ様は一人の女の子だろ。綺麗事《きれいごと》だけじゃなくて自分の幸せぐらい求めてもいいんじゃねぇの？　でないと、お前のために命を張ってるこっちまでも悲しくなってくる」

国のために、自分の未来のためにリゼを守る――無論、それはあるだろう。

しかし、リゼ本人の幸せを願って剣を握る者だっているのだ。

そういう者が命を張る目的がただの国益だなんて知ればどう思うか？　自分は女の子を

見ているのに、女の子は自分を見ていない。悲しく思わないわけがない。アレンが言っているのは、そういうことだ。

「自分で言っておいてなんだが、安心しろよ。ここには女のためなら命を張れる男の鑑《かがみ》しかいねぇ。寝込みを襲ったりなんて無粋な真似《まね》は絶対にしねぇから……気楽に背中を任せてくれればいい。もちろん、俺だってやるからにはしっかりと守る。だって、お前にも帰りを待つ人間がいるだろうからな」

「…………」

「さっさと終わらせて服をいっぱい買うんだって言われた方が、俺達も俄然《がぜん》やる気が出るってもんさ。男っていうのは、女の子の笑顔だけで満足できる単純な生き物だからな」

そう言って、アレンは馬車を追い越して先を歩く兵士達の下へと向かった。

『スミノフー、今日は野宿らしいぞー』

『なんだよそりゃ。まぁ、俺らからしてみれば寝られればどこでもいいんだが——なぁ、お前ら？』

『『『『うーっす』』』』

『っていうわけで、野営準備よろ』

『あ？　大将も手伝ってくれよ。俺達も人数少ないんだぜ？』

若干文句こそ聞こえてくるものの、その表情には嫌気など感じられなかった。

その背中を見て、リゼは――

「……ねぇ」

「はい、いかがしましたか？」

「あなたのご主人様って……素敵ね」

頬を少し染めながら口にした。

それを受けて、セリアは小さく口元を綻ばせる。

「えぇ……自慢のご主人様、ですから」

吹き抜ける風が心地いい。

靡《なび》く髪を押さえながら、セリアは主人の背中を眺めた。

◆◆◆

しばらく進み、結局空白地帯を抜けることなくだだっ広い草原で野宿をすることになったアレン達御一行。

五百人もいるからか、かなりの大所帯での野宿になった。

とはいえ、これも魔法国家を抜けてレティア国に着くまでの辛抱。

途中何度か休憩を挟んでも、恐らく二週間ほどで第一皇女の護衛は完遂できるだろう。

本来であれば魔法国家を突っ切って進むと早く着くのだが、生憎《あいにく》と五百人も連れてなどいけるはずもないし、皇女が足を運ぶとなれば余計な面倒事で道草を食ってしまう恐れがある。

それなら、どの国の領土でもない空白地帯を進んだ方が賢明だ。

そして、任務さえ終わってしまえば、あとはのんびりだらだら国に帰ればいい。

五百人もいるため魔法国家やレティア国の観光……なんてことはできないが、いつ襲われるか分からないスリリングな時間よりかはよっぽど楽になる。

「はぁ……なんだかんだ初めてお前らと一緒に野宿するよな」

兵士達に交ざってテントを設営しているアレンがスミノフの横でぼやく。

慣れないハンマーでの杭打《くいう》ちの音が薄暗い草原に響き渡った。

「大将はいっつも村とかで寝泊まりしてるしなー」

「うーん、そう言われればそうなんだが……」

これまでは村か街に寝泊まりしていた。

しかし、それはこんな大人数でできるわけもなし。最低限の護衛以外、基本的に兵士達はずっと野宿である。

「仮にも王族なんだがな、こっちは。威厳と面子《メンツ》が土くれで汚れなきゃいいが」

「俺達《たち》からすれば土汚れも立派に輝いて見えるぜ」

それはスミノフの本心であった。

王族であるにもかかわらず一介の兵士達を労《ねぎら》い、自ら前に出て戦い、圧倒的な実力で引っ張ってきてくれた。

こうしてなんだかんだ言いながらも一緒にテントの設営を手伝ってくれているのだから、アレンの優しさには胸が温かくなる。

このような上司を尊敬しない人間などいるのだろうか？

スミノフだけではなく、この場にいる兵士達は皆、同じような気持ちであった。

（あれ……？）

その時、ふと兵士の一人が違和感を覚える。

なんか若干霧がでてきてね？　と。

そう思った瞬間――

「ご主人様」

ピトッ、と。

アレンの背中を抱き締めるようにセリアが現れた。

「おい、才能の無駄遣いはやめなさい。お前はドッキリ企画に全力をつぎ込む製作者か」

「ですが……今日も歩いてばかりでご主人様成分が摂取できていませんでしたので」

「俺はビタミンか」

文句は言いつつも、背中に張り付くセリアをスルーして再び杭を打ち始める。

そんな光景を見て、兵士達はアレンとは違って思わず手が止まってしまった。

「た、大将……？」

「ん？」

「これは一体、どういう現象で？」

あの魔術師が。自分達の首根っこを摑《つか》んでは平気で放り投げるような女の子が。

まるでぬいぐるみを抱くかのように目の前で甘えた様子で背中に抱き着いている。

第二王子に気があるというのは見れば分かったが、幸せそうな表情を浮かべる姿に、流石《さすが》に傍《はた》から見ていた兵士達は目を疑ってしまった。

もちろん、スミノフは兵士長ということもあり、見慣れているからか黙々と杭を打ち続けている。

「あー……こいつ、一日に一回は甘えないと気が済まねぇんだよ」

『『『『チッ！！！！』』』』

「おいコラ、舌打ちしながら抜刀するな」

「ご主人様に甘えるのはメイドの特権です」

『『『『チッ！！！！』』』』

「悪くないだろう!?　この件に関して言えば俺は悪くないだろう!?」

毎日体を鍛えるだけで自由時間を持て余さざるを得ない男共にとっては、可愛《かわい》い美少女に甘えられるという現象こそ万死に値する。

立場など関係ない……幸せを謳歌《おうか》する者には死の鉄槌《てっつい》をッッッ！！！

「あら、お邪魔だったかしら」

そこへ現れたのは帝国の第一皇女であるリゼ。

瞳を燃やして羨まけしからん主人を囲うように抜刀している兵士達、背中に抱き着くセリア、命の危機を感じて拳を握るアレン。

血が流れる一歩手前を見ても平然としているリゼは中々の精神の持ち主であった。

流石は国を担う皇族といったところだろう……物怖《お》じしないその精神は賞賛に値する。

「お邪魔じゃねぇよ今すぐヘルプがほしいところだよ！！！」

「救急箱を用意させておこうかしら」

「俺の怪我《けが》は確定なのか!?　事故に至る前に打開しようってポジティブな精神は持ってくれないのか!?」

このままでは貴重な戦力が一人減ってしまう恐れがある。

今すぐにでも助けてほしいアレンであった。

「これから私、湯浴《ゆあ》みをしようと思うのだけれど」

「このタイミングでその発言は覗《のぞ》けっていう前振りでよろし？」

「覗いて大事になってもいいのなら私は構わないけど……」

「…………………超悩むがやめておこう。ここを切り抜けてエデンを拝めたその先にセリアと帝国からの往復ビンタがあるって俺は分かっているからな」

最悪往復ビンタどころではなく首を斬られる可能性もあるのだが、アレンは一歩踏《ふ》み止《とど》まる。

何せ欲求を貫こうとしても剣を向けた兵士達が行く手を阻み、背中に張り付いているセリアからのお仕置きが待っているのだから。

「でも、私個人アレンには感謝しているし――――」

アレンが一人、兵士達に囲まれて冷や汗を流している中……リゼはからかうように笑った。

「なんなら、一緒に、入、入る？」

「かかってこいやぁぁぁぁぁぁぁぁぁぁぁぁぁぁぁぁぁぁぁっ！！！」

『『『『しゃおらぁぁぁぁぁぁぁぁぁぁぁぁぁぁぁぁぁぁぁっ！！！！！』』』』

アレンはセリアが背中に張り付いている状態で兵士達へと突撃していった。

ここを切り抜けて待っているのは美少女との混浴。それは、全世界の男の最果《アガルタ》てとも言ってもいい。

ならばこそ、神秘《せいよく》を追い求める男として絶対に……そう、絶対に負けるわけにはいかな

いのだッッッ！！！

「ご主人、様……？」

「な、何やら背中から不穏な空気と股関節に走る痛みうォォォォォォォォォォォォォォォォォォォォォォォッ！！！？？？」

——とはいえ、そんなに美味《おい》しい話などあるわけもなく。

きちんと、甘えから戻ったセリアがアレンが叫びだすまで股関節の可動域を無理矢理に広げた。

「あんまり大将をからかわんでくだせぇよ、皇女様」

「あら、本心だったのだけれど」

「まったく……少しはそのポジションを替わってほしいぜ、大将よぉ」

とはいえ、関節だけは曲げられたくないなと。スミノフはセリアに仕置きされているアレンを見て思った。

◆◆◆

「へぇー、もうしばらくはお風呂に入れないかと思っていたけど、まさか入れるだなんてね」

艶《つや》やかな肢体、引き締まったウエスト、凹凸のはっきりした胸部、サラリと靡《なび》く長髪。

薄暗く、星空が辺りを淡く照らしている頃、リゼはタオルを体に巻き、大きな棺桶《かんおけ》を見て驚いていた。

桶の中には薪によって温められたお湯がはられており、一帯は湯気が立ちこめている。

戦場、遠征、野宿。

これらが全て揃《そろ》っているにもかかわらず、まさかお風呂に入れるとは。

気持ち悪いのを我慢して体を拭くだけだろうと思っていたリゼにとって、これは大きな予想外であった。

「ご主人様が『お風呂ないとやる気でない』と今までに何度も仰《おっしゃ》ったので、今ではお風呂が当たり前になってしまいました」

リゼの後ろから現れるのは同じくタオルを体に巻いている桃色の髪の少女。

程よく実った胸部が布切れ一枚効果によっていつも以上に強調されている。

この二人の姿を見れば、誰もが鼻血を出して卒倒するだろう。しかし、残念ながら野郎の姿はなかった。

どうやらしっかりと分別は弁《わきま》えているようだ。

「部下も大変ね。王族としては理解できる部分もあるけど」

「そもそもの話をすれば、王族が戦場の最前線で拳を握ることがおかしいのです。これぐらいの飴《あめ》ちゃんを用意しておかないと、うちのご主人様は本当に泣いてトンズラしてしまわれます」

「さしずめ、あなたはベビーシッターってところかしら？」

「ご主人様のような子供なら大歓迎ですね。将来は三人ほど希望します」

大層好いているようで結構だわと、メイドの慕いっぷりに苦笑いを浮かべるリゼはゆっくりと桶に足を入れる。

そして、馴染《なじ》ませるように体を沈めていくと、やがて気持ちよさに声が漏れてしまった。

「ふぁぁっ……」

「ふふっ、お気に召したようで何よりです」

「最高よ。やっぱり、一日に一回はお風呂に入りたいわー」

直接戦闘したわけじゃないが、ずっと馬車に乗りっぱなしだったのだ。

野宿をするとはいえ、やはりお湯に浸《つ》かって疲れを取りたいと思ってしまうのも仕方ないだろう。

気持ちよさそうにするリゼの対面に、今度はセリアも浸かる。

水面に当たらないように髪を纏《まと》める姿が、どこか艶っぽく品があるように感じた。

「それで、リゼ様としてはこの状況は順調ですか？」

「そうね、大きく想定から外れてないってところかしら？　情報が漏れてしまっている部分も想定内だし、問題なく進められるんじゃないかしら」

「それは何より。であれば、早くこのク、ソ、ッ、タ、レな魔法国家の空白地帯を抜けたいところですね」

現在、魔法国家の所持している空白地帯。

空白地帯とは、明確な領土区分がない場所を表す言葉であり、基本的に他国が足を踏み入れても問題がないと定められている場所である。

基本的に、この空白地帯での揉《も》め事《ごと》は領土侵犯の範疇《はんちゅう》には入らず、大体の戦争がこの場所で行われる。

「まぁ、あと四日ってところね。順調に行けばレティア国に辿《たど》り着けるわ。私もいい加減、ふかふかのベッドで羊を数えたいところね」

「そうですね、楽しい女子会も戦の話ばかりではしたないでしょうし、パジャマパーティーのためにもこの護衛を終わらせなければ。もちろん、あなた方が今後ナイフを突きつけるような真似《まね》をしなければ、の話ですが」

「護衛が終わって第一皇子が即位できればちゃんと履行するわよ。元々、私は平和主義で慕われているお姉さんだもの」

「であれば、ご主人様も張り切って拳を握るでしょう。あと少しですし、今まで以上に気合が入るはずです」

とはいえ、レティア国まで辿り着いても待っているのは楽しみが終わった遠足の帰り。アレンがふかふかのベッドで惰眠を貪るのもまだ先の話になりそうだ。

「……ねぇ、一個聞きたかったんだけど」

その時、唐突に脈絡もなくリゼが尋ねる。

「なんでしょうか？」

「あなた、本当に、メイド？」

何気なしに呟《つぶや》かれた言葉。

その言葉に、セリアは驚く様子もなく笑みを浮かべる。

「その真意は？　メイド服を着ていないから使用人に見えない……という頭の悪い質問ではないでしょう？」

「もちろん、少し前の姿を忘れるような阿呆《あほう》ではないわ——その逆、私って結構記憶力がいいの。だからね、この質問はそのままの意味よ。出会った時は流石《さすが》に場を読んであえて聞かなかったけど」

別に真剣に問いただそうとしているわけではない。

ただ、何気ない会話の話題にそれが挙がっただけ。

リゼはさも興味なさげにセリアの方をチラリと見た。

「皇女という立場上、こうして他国に赴く機会も多かったわ。拮抗《きっこう》状態が続いていても、国交は国が発展していく上でどの国も不可欠。お世辞とドレスに溢《あふ》れたパーティーなんかもよく参加させられたの。そこで、あなたを見たことがあるのよね」

これ、やっぱり聞いてみたかったたわ、と。

リゼは少し笑みを浮かべて最後にその言葉を口にした。

「魔法国家、セレスティン伯爵家の神童――セリア・セレスティン。あなた、いつ王国に亡命したの？」

その言葉を受けて、セリアは変わらずお淑《しと》やかな笑みを浮かべ続けた。

◆◆◆

アレン・ウルミーラが専属メイド、セリアという少女の出自について語ろう。

本名、セリア・セレスティン。

ルーゼン魔法国家のセレスティン伯爵家に生まれたご令嬢である。

魔法国家とはその名の通り、魔法を主体として築き上げられ、今や目覚ましい発展を遂げている大国だ。

数多《あまた》の魔法士が集い、日々研究を重ねて自国の文化を支えていく。

世界では「魔法を学ぶのであれば魔法国家へ！」とも言われるぐらい、魔法に関して並ぶ国はない。

その国で生まれた少女は、少し特殊であった。

魔法国家では魔法こそが主軸。魔法を上手《うま》く扱える者こそ尊敬され、優遇されてきた。

セリアは優遇者だ。魔法に関しての才能は群を抜いていた。

体内に宿る魔力総量も、魔力を扱うセンスも、魔法を覚える記憶力も、全て。

それ故に、彼女は『神童』と呼ばれていた。

扱う属性は『青』、成人として成長するまでに、セリアは青属性の魔法をほとんど習得していた。

魔術師となるのも時間の問題――それは、誰が見ても明らかだ。

セリアも魔術師を目指すつもりではあった。

周囲から持て囃《はや》されることにうんざりしそうではあったが、それでも魔法を扱う者として上を目指したいと思うのが性《さが》。

容姿端麗、家督、キャリア、才能問題なし。魔術師にでもなれば、いよいよ周囲は放っておかない。

そう、だから――

研究しようとした。

セリアみたいな才能ある人間を量産できないか、と。

「い、嫌ですっ！　研究ってなんですか!?　私はどうなるというのですか!?」

「お前の意思は必要ない。全ては国のため……いいや、魔法の発展のために体を献上すればいいのだ」

魔術師に到達する人間が増えれば、魔法国家はいよいよ誰の手にも止められない強国となる。

何せ、魔術師一人で戦争を動かしてしまうのだから。

帝国の皇族直属騎士団？　神聖国の聖女？　連邦の最新兵器？　知らないよそんなもん。

魔術師が増えれば、誰だって相手にならない。

それこそ、魔法国家が誇る賢者を戦に出さなくてもどこにだって勝てる。

だから、増やそう、魔術師を。

その贄《にえ》に選ばれたのは――――セリアであった。

「はぁ……はぁ……っ！」

だからセリアは逃げた。

研究の贄に人権なんか与えられない。何を行うにしろ、悲惨な結果は目に見えている。

人として存命できれば御の字かもしれない。上の研究者がサディストでマッドサイエンティストなのは、貴族という枠組みに入っていれば嫌でも知っている。

家族は喜んで突き出した。加えて、誰よりも仲良くしていた親友も――

「モニ、カ……どうして？」

「ごめんっ……ごめんね、セリアちゃん……！」

自分を突き出した。逃げ隠れていたところを呼び出し、国に売るような形で。

全部、魔法国家の発展のために。

だからセリアは逃げた。

セリアには、自分の身を捧《ささ》げてまで貢献しようといった愛国心はない……ただ、生きたいだけ。

しかし、親友によって捕まってしまったセリアは文字通り研究の道具となった。

「あ、あァアァッ！！！」

薬を飲まされた。体もいじられた。時には優秀な魔法士の子を孕《はら》まされそうにもなった。

本当に人権などない。本人がどれだけ嫌がろうが、抵抗しようがお構いなしに研究は進められる。

とはいえ、しばらく経《た》っても目覚しい研究成果はなかった。

代わりに生まれたのは、セリアの体の異変。

「は、ははっ……私の目、どうなってしまったというのでしょうか」

歪《いびつ》で、色彩すらも明確ではない濁った瞳。

黒く染まった泉の中にポツンとサファイアの宝石を投げたかのよう。

片方に残る透き通った目とは比べ物にならないほど禍々《まがまが》しいものであった。

「もう、嫌だ……！」

ある日、セリアは子を孕まそうとした魔法士を倒して外へと逃げ出した。

宛てもなく、友人や家族……味方が誰一人としていない状況で。ただただ、クソッタレな国から逃げ出したいがために。

だが、魔法国家の魔法士はセリアを追いかける。

一人二人ならいざ知らず、魔術師になりきれていないセリアが何十人も何百人もいる魔法士と戦って勝てるはずもない。

故に、逃げるしかなかった。居場所など、どこにもないのに。

――そんな時だった。

セリアは、運命の人と出会う。

「……トンズラしようとした先に美少女っていうのは、ここから物語が始まるっていう前触れなのかね？」

追っ手から逃げている最中。

具体的には、魔法国家と王国を繋《つな》ぐ空白地帯にて。

彼女は、荷物を抱えて歩いていた金髪の少年と遭遇してしまったのだ。

「まぁ、プロローグの語りだしみたいな悠長なことを言ってもいい状況じゃなさそうだな。大丈夫か、お前？」

少年は、少女の姿を見て心配したのだろう。

とても令嬢とは思えないボロボロな服に、傷だらけの体。満身創痍《まんしんそうい》というのはこのことだ。

事実、息も荒いし歩く気力もほとんど残っていない。

少年と出会ったこの場所こそ、終着点のような気がした。

加えて、思わず向けてしまった黒く濁った目。

セリアは咄嗟《とっさ》に片方の目を隠した。

気味悪がられることなど目に見えているからであり、今のセリアにとっては誰にも見せたくない部位だったから。

しかし――

「人並みなことしか言えないが……綺麗《きれい》な目をしてるな。きっと、おめかしをしたら野郎共が諸手《もろて》を挙げて寄ってくるぞ」

きっと、ではない。

今まで、セリアの前に何人もの男が寄ってきた。

でも結局、誰一人として手を差し伸べてくれる者などいなかった。

　それに、こんな目のどこが綺麗なのか？　寄ってくるどころか、更に離れていくだけに決まっているというのに。

「お世辞は、結構……です……」

「お世辞じゃないんだが……まぁ、ナンパの言葉をすぐに信頼できるわけもないか」

しかし、何故《なぜ》か少年は離れない。

　それどころか、心配そうな瞳を向けてくれた。

「んで、帰る家はあるか？　そんななりじゃ、家族も心配するだろ」

　帰る家など、ない。

　沈黙と悲愴《ひそう》を交えた、今にも泣きそうな顔を見せることによって、セリアは少年の問いに答える。

　すると、少年は酷《ひど》く悲しそうな顔をした。

「……そっか、それは辛《つら》いな」

　少年が口にした言葉は同情で間違いなかった。

　可哀想《かわいそう》に、そういう憐《あわ》れみもあったのかもしれない。

　その同情心が辛かったからか、それとも嬉《うれ》しかったからか？　セリアは糸が切れてしまったかのようにポロポロ泣き始めてしまう。

――するとその瞬間、セリア達《たち》の近くに多勢が姿を現してきた。

物騒なことに、杖《つえ》やロープを向けてくるような形で。

「帰る家がないっていうのは、本当に辛い。俺はそういう人間を何度も見てきたし、帰りを待つ人がいるのに帰れなかった奴《やつ》らも見てきた」

少年はセリアの前に立つ。

追ってくる魔法士との間に入るような形で。

「戦争なんて真っ平だ。そろそろ本気で戦争に参加させられそうだったからトンズラかこうとしたが……こういう奴を見かけると、黙っちゃいられない」

少年は拳を握る。

そして、声を大にしてセリアへと言葉を投げた。

「帰る家がないなら俺のところに来い！　辛いなら助けを求めろ！　戦争とか本当に真っ平だが……そんな奴を放っておくほど腐っちゃいない。助けを求めるのなら、拳を握る理由が生まれる！　理由があれば……俺はお前を救ってやる」

だから、言え。

目の前に立つ人間に縋《すが》って、幸せを享受しろ。

そうすれば、自分は幸せになれるのだから――

「たす、け……」

セリアは涙を流しながら、掠《かす》れる声を震わせて叫んだ。

「お願い、ですから……私を助けてくださいッッッ！！」

その言葉を受けて、少年は笑った。

慈しむように優しく、温かい瞳をセリアに向けながら。

「あぁ……任せろ」

そう言って、少年は一歩を踏み出した。

『そこのガキ、その少女を渡せ』

「ハッ！　馬鹿言うなよ……女が泣いてんだ、それだけでどっちの味方をするかなんて子供の算数ぐらい分かりやすくて明確だろうが」

『この人数を見て、そんな言葉が言えるとはな……愚かな奴だ』

「てめぇらが愚かじゃないっていう枠組みなら、俺は愚か《ヒーロー》でいいさ」

何十人もの魔法士を前にして、臆することなく拳を握る。

淡くヒリつくような青い光を体から生み出し、己を強調するかのように。

「さぁ、戦争だクソ野郎。こいつに帰る家ができたんだ――――それを守るためなら、てめぇら纏《まと》めてぶっ飛ばす」

少女の代わりに、名も知らない少年が立ち塞がる。

その直後、少年の周りに天に昇る幾本もの雷の柱が生まれ始めた。

「『英雄《セリス》の軌跡・青く雷で照らせ《ヘイローース》』」

——その背中は、まるで英雄のように見えた。

セリア・セレスティンにとってこの瞬間こそ……人生における最大の運命の出会いであると、今でもそう思っている。

◆◆◆

「へぇー……あなたとアレンにそんな過去が」

ちゃぷ、と。水滴の滴る音が夜風に攫《さら》われる中、リゼはセリアの話に少し感心していた。

「証拠、というわけではありませんが……」

セリアは片方の目に手を添える。

そして手を離し、瞳をゆっくりと開けると——そこには片方とはまるで色の違う、禍々しくも黒い瞳が現れた。

「視力に影響はありませんが、恐らく色彩が変化したのでしょう。今は魔道具でどうにか隠せている状態です」

「流石《さすが》に、その瞳のままだとおどろかれちゃうものね」

「その通りです」

セリアがもう一度手を添えると、今度は元の色へと戻っていった。

「そういうわけですので、私は魔法国家から亡命しました。メイドとして傍《そば》にいるのも、行く場のない私に傍付きという居場所を与えてくれたからです」

魔法国家の人間が行く宛てもなく王国に居続けることなど不可能。

アレンの権限で家と金を与えることは可能だが、知り合いもいない環境に年頃の少女だけでは不安が残る。

故にアレンはセリアを自分の傍に置いた。何かあっても助けられるだろうし、寂しくもないだろうからと。

結果そのあとアレンは魔法の才能が伸び魔術師として成長したのだが、セリアはその場を離れることはなかった。

何せ――

「彼の傍《ここ》はご主人様が与えてくれた帰る場所です。魔術師になってもメイドを続けているのはそういう理由ですよ」

「……ロマンチックね」

もちろん、辛い背景もある。決して美談とは言えないだろう。

しかし、そのあとに与えられたのが居場所というハッピーエンドだ。

全てが丸く収まるぐらいの幸せが訪れたのなら、今が輝いて見えるのも当たり前である。

それも、同年代の女の子であればなおさら。

リゼは今の話を聞いて、少しだけ羨ましく思った。

「けど、いいの？　そんなにペラペラと話して」

「構いませんよ。魔法国家の内部事情を話そうが、あんな国など潰れてしまえばいいと思っています。ネタにして弱みを握っていただけるなら本望です。それに……ご主人様の素晴らしい部分を知ってほしいと思うのは、メイドの性《さが》ですから」

「そう」

眩《まぶ》しいな、というのがリゼの素直な言葉であった。

皇族として生まれてきた、セリアは貴族として生まれてきた。

違いはあるようでない、それでもこうして幸せな未来を摑《つか》んでいる。

自分と何が違ったのか？　抗《あらが》おうと思えばこうした未来が摑めたのか？

（……まぁ、些事《さじ》ね）

眩しいからといって憧れるわけではない。

皇族として生まれてきたことに不満はないし、所詮は隣の芝生《しばふ》だ。

ただちょっと、眩しいだけ。それだけだ。

『野郎共……！　準備はいいか！』

その時、ふと近くから声が聞こえてきた。

ここには簡易な柵を立てて周囲からは見えないように配慮がされている。

無論、声が聞こえたということは柵の向こうに誰かがいるということ。

つまり――

『大将、恐れ知らずだな！』

『馬鹿野郎！　大将はやる時はやる男だ！』

『へっ……美少女が風呂に入っている時に覗《のぞ》かねぇのは男が廃るよな』

ほほう、どうやら敬愛する阿呆《あほう》共は覗きを企てているらしい。

皇族を覗くなど即刻死刑ものなのだが、どうやら彼らの頭は色欲でいっぱいいっぱいのようだ。

『今日はセリアだけではない……なんと、帝国からの美少女も一緒に入浴中！　この時を逃せば、俺達は一生後悔することになるだろう！』

うちの兵士達は何をやっているのだろうか？

堂々と覗きを企てる王国の兵士の声を聞きながら、ふとそんなことをリゼは思った。

とはいえ、別に覗かれてもリゼは気にしない人間。見るなら勝手に見ればいいというのが心情といった、ちょっと変わった少女である。

（どうせ、政略結婚でもすれば知らない誰かに見られるわけだし……）

淡白というより、自分に執着がないといったところか。

割り切れるスタンスには脱帽はするが、アレンが聞いたらどこか悲しみそうだ。

しかし、淡白にさせている要因が正しく自分なのだから目も当てられない。

『でもよぉ大将、覗きはしないって言わなかったか？』

スミノフの声だろうか？　どうやら彼も参戦しているらしい。

『そんな記憶はない』

浅い記憶力である。

そのセリフを吐いたのは、ついさっきのことなのに。

『安心しろ、この人数が一斉に押しかけたところで見た者全てが即刻死刑……なんてことにはならない。何せ、俺達がいないとレティア国まで困るからだ！』

『流石は大将！』

『狡《ずる》いことを平気で考える！』

『そこにシビれる憧れるゥ！』

『おい、お前ら……いや、なんでもねぇ。どうせやられるのはうちの大将だけだしな！』

こいつら、聞こえているという可能性が頭からすっぽ抜けてやがる。

（こういうところでよく頭が回るわね、この男。ふふっ、やっぱり面白いわ）

先程聞いた美談はどこに行ったのか？

それがどうにもおかしくて、リゼは思わず笑ってしまった。

「はぁ……まったく、ご主人様は」

その時、目の前で湯に浸《つ》かっていたセリアがおもむろに立ち上がった。

そして、近くにあったバスタオルを体に巻いてペタペタと足音を立てながら歩き始める。

「あら、どこ行くの？」

「どうやら姑息《こそく》な考えをお持ちの敬愛すべき阿呆共がいらっしゃるようですので――頭を叩《たた》いてこようかと」

「そう、行ってらっしゃい」

リゼが小さく手を振ると、セリアはペコリと頭を下げる。

すると、セリアの体が湯気に紛れ徐々に薄くなっていった。霞《かすみ》のごとく、周囲の視界が悪くなったように思えば、いつの間にかセリアの姿が消えている。

そして――

『頭の中身は煩悩だけですか、このご主人様は？』

『や、やめっ……お、俺はシャチホコのように優雅な海老反りはできなァァァァァァァァアァァァァァァツッ！！！？？？』

『『ふぉぉぉぉぉぉぉぉぉぉぉぉぉっ！！！　セリア様のバスタオル姿だねやったねぇぇぇぇぇぇぇぇぇぇぇぇぇ！！！』』

『姫さん、もうちょい……もうちょい角度を上げてくだせぇ……！』

『俺全然見えないんだけどてめぇらズルいぞ背中いてぇぇぇぇぇぇぇぇぇぇぇぇぇぇぇぇぇぇぇぇぇぇぇぇぇぇぇっ！！！』

外からそんな声が聞こえてきた。

いつの間にセリアがそっちに行ったのか？　そんな疑問こそあれど、聞こえてくる声がどうにも楽しそうで、リゼは急いで立ち上がった。

「あんな面白い場所に交ざらないなんてもったいないわよね」

いっそのことこのまま合流でもしようかしら？

そんなことを思いながら、リゼは簡易的に作られたお風呂場をあとにした。

何度かの野営を繰り返し、あと少しでレティア国に辿《たど》り着くというところで、アレン達《たち》は最後の山の麓で休憩をしていた。

「とりあえず、ここからは二つに分かれようと思う」

見張り以外の皆を集め、円陣を組むように固まる中心でアレンは口にする。

「今のところこれといった襲撃はない。見張りの人間が頑張ってくれたおかげで暗殺は阻止できたし、夜襲も少なかった。だからそろそろ二手に分かれるべきだろう」

「どうしてですか？　あと少しというのであれば、このまま固まって最後までお連れした方が危険性は少なくなると思いますが」

アレンの横に張り付くようにして聞いていたセリアが首を傾《かし》げる。

兵士達の「そこまでくっつかなくてもいいんじゃないですかねぇ〜？　イラッ（怒）」の視線はもちろん無視だ。

「単純な話、リスクの問題だな。確かに固まっていた方が守る人数も増える。けど、そもそも戦争にならない方がリゼ様を守れる確率も上がる。乱戦になったら、手持ちの帝国兵だけじゃ心許《こころもと》ないっていうのが失礼な話だが本音だ」

「まぁ、今の人数で相手をされても負ける気はしねぇわなぁ」

リゼが連れてきた帝国兵の顔が険しくなる。

だが、ここで帝国兵達が口を挟まないのはアレンが自分達以上に実力があるからだ。加えて、真剣に主人のことを考えている人間にちっぽけなプライドを挟んで異論を出すなど護衛としては失格。

実際問題、最後に口にしたスミノフにすら勝てないと理解している。

主人の生存率を上げるなら、我慢は必須なのだ。

「どうせ、向こうさんは俺達のルート……レティア国に差し掛かるところでもう一度戦争を始めるのは目に見えている」

「何せ、待ち伏せして手持ちの兵士を一気にぶち込んだ方が私を殺せる確率も上がるものね。残念なことに、ルートを変えていたけど第二皇子側に特定されているでしょうから」

「何度も夜襲と暗殺未遂を繰り返されたのがいい証拠だな。ご丁寧にストーキングの実績を残していやがる。アピールこそ大事って何か履き違えた頭のおかしな連中ばかりで涙ものだよ」

行く先は把握している。

ちまちま兵士を投入して撃退されるよりかは、手持ちの駒全てを使った方が勝算が上がるのは分かり切っていることだ。

そして、分かっているからこそアレン達はその戦争を避けようと考えている。

そもそも戦争さえしなければリゼが危ない目に遭うこともアレン達が命を懸けることもなくなるのだ。

「話は戻すが、二手に分かれるのは念のためでもある。戦争を避けようとルートを変えたところで、もしかしたらストーカーさんが報告してまた先回りをされるかもしれん。だから、二手に分かれて一方に情報を引き付けようと思う」

「となると、二手に分かれるのであれば……私とご主人様、それとその他というところでしょうか」

「至極真面目に言っているから至極真面目に返そう……アホかボケ」

横に座るセリアの額をデコピンするアレン。

特段そこまで強くはなかったのだが、額を押さえて「痛いです……」と上目遣いを見せたセリア。

思わずドキッとしてしまったのは内緒である。

「順当に考えると、私とアレン、うちの兵士と、セリアとそっちの兵士ってところかしら？　同じ女であるセリアが顔を隠してくれれば偽装はできるでしょ」

「いや、できればおたくの兵士はリゼ様と一緒にしたくない。帝国兵を連れて行くと『こっちにいるかも？』って思われる可能性があるからな」

逆に言えば、リゼと帝国兵が違う集団にいれば更にストーカーを誤魔化せる可能性が増える。

人数は少数に絞り、セリア達の集団こそ本命だと思わせたいのがアレンの考えだ。

「大将、俺はどっちにつけばいい？　できれば大将のところだとありがてぇ」

「その心は？」

「大将といると戦いが起きそうだから」

「却下だやめろフラグ立てんな。スミノフはただでさえタッパが大きいのに、これ以上目立たせてたまるか。そういうのはステージの上でやれ」

スミノフも露骨にガッカリする。

野郎だからか、慰める気が一切湧いてこない。

「ご主人様と離れ離れ……」

「どうせすぐにレティア国に辿り着く。嫌でも合流はできるから寂しがるな」

「……だったら、今のうちにご主人様成分を補給しておきます」

「はいはい、お好きにどーぞ」

アレンが諦めたように両手を上げると、セリアが甘えるように抱き着いた。

これで納得してくれるのなら安いものだが、周囲の兵士達からの舌打ちが先程から凄《すさ》まじい。

無事に合流できたとしても、そのあとが心配になって来たアレンであった。

「っていうわけだ、スミノフは俺についてくる人間を決めとけ。人数は十人ぐらいでいい」

「了解だ、大将。ってことでてめーら、くじ引きで決めっぞー」

『『『『ういーっす』』』』

「言っとくが、いつもの通り死にそうになったら逃げていい。どうせ逃げても護衛対象はこっちにいるんだ、命あっての物種だってこと忘れんなよ」

アレン達王国兵のモットーは『命あっての物種』。

帰る家があるからこそ、帰らせてあげるのがアレンの方針であり、それに王国兵は感謝している。

こうして適当に返事をしているが、きっとそのような時になれば逃げることはないだろう。

何せ、逃げた先に敬愛すべき大将がいるのだから。

「っていうわけで、さっさと分かれて出発するぞ。早く帰ってこれまでのことは酒の肴《さかな》にしようぜ」

◆◆◆

そして、それから少しして。

無事にメンバーが決まったアレン達は現在、大人数の兵士と別れて森の中へと入っていた。

「お姫様に登山をさせるって、あとで帝国から果たし状がこないかな？」

生い茂る草木。視界は遮蔽物が多くて見通しも悪く、足元は整備されていないので歩き難《にく》い。

アレンの横には、ローブで全身を隠しているリゼの姿。

馬車はカモフラージュのためにセリアへ渡してしまったため、リゼは険しい山道を歩けの状態であった。

「フォークすら持てない箱入りお姫様じゃないから安心しなさい。果たし状が来るとしても、それは覗《のぞ》きが理由ね」

「おっと、未遂で終わったのに帝国さんは根に持つタイプのようだ」

そもそも未遂の時点でアウトなのだが、それはそれ。

リゼを見ていても疲れている様子もキツそうな様子もない。

本人の言う通り、箱入りのお姫様というわけではなさそうだ。

「それにしても、よかったの？　向こうを囮《おとり》にするような真似《まね》をして」

「目標を履き違えんじゃねぇよ、帝国のお守り姫。俺達は無事にリゼ様をレティア国に連れて行けばいいだけで、向こうは鬼さんから逃げ切るだけで賞金がもらえるんだ。あいつらも馬鹿じゃねぇし、危なくなったらセリアと一緒に逃げるさ」

そう、と。

どこか釈然としない様子でリゼは頷《うなず》く。

「それより、こっちを気にした方がいいんじゃねぇか？　帝国兵はおらず、飢えた狼《おおかみ》さんが十一人。皇女様からしてみれば、よっぽど身の危険を感じるシチュエーションだと思うが」

「残念なことに、味方の帝国兵といた方が身の危険を感じるのよ。それに、アレンを筆頭にそっちの兵士達は優しいっていうのはこの護衛の間に痛感したわ」

「そりゃお褒めに与《あずか》り光栄だな。なら、期待を裏切らないよう女王蟻《あり》さんを無事に巣へと帰さないと」

緊張感がないのか、それとも緊張させせないようにしているのか。

二人は軽口を叩《たた》きながら笑い、険しい山道を兵士達と一緒に歩いて行く。

その時――――

「……ん？」

ふと、アレンが横を見た。

「どうしたの？」

「いや、あれって魔法士じゃねぇか？」

そう言って指を差した先。そこには、ローブを羽織り、杖《つえ》を持っている人間が数名森を歩いていた。

ここは魔法国家付近の空白地帯だ。普通に考えれば、魔法国家所属の魔法士だろう。

「確かにそうね。にしても、どうしてここに魔法国家の魔法士がいるのかしら？」

「さぁ？　仲良く登山して山頂で弁当広げるためなんじゃゃね？」

空白地帯の巡回にしてはおかしな場所だ。

入り口ではなく、完全に森の中へと入っている。巡回というよりかは、何かを探しているような感じだろう。

とにかく、厄介なことになる前にこの場を離れよう。

そう思い、リゼとアレンは先を歩く。

「あ……？」

しかし、アレンの口からそんな呆《ほう》けたような声が漏れてしまった。

それは見かけた魔法士が足を止め、火が浮かぶ杖をこちらに向けているからであり——

「てめぇら、食卓に並ぶチキンになりたくなけりゃ今すぐ地面に伏せろぉぉぉぉぉぉぉ

おおおおおおおおおおおおおおおおおおおおおおおおおおおおおおおおおおおおおお
おおおおおおおおおおおおおおおおおおおおおおおおおっっっ！！！」

その瞬間、アレン達《たち》の頭上を巨大な火の玉が通った。

「うぉぉぉぉぉい!?　なんでここで魔法国家が出しゃばってくんだよ!?」

火属性の魔法をなんとか回避したアレンが叫ぶ。

辺りを見渡すと草木に火が燃え移り、周囲は見晴らしよく変貌していた。

幸いにしてアレンが叫んだおかげで兵士達も同じように躱《かわ》せていたようだ。リゼはアレンが頭を押さえていたので、こちらも無事である。

「おかしい、これはおかしいわ……ッ！　いくら魔法国家の空白地帯だといっても、私達に干渉するなんて！」

「誤射した可能性は!?」

「あれを見ても同じようなことが言えるならちゃんと答えてあげるわ！」

もう一度魔法士達の方へと顔を向ける。

すると、魔法士達はこちらに向けて二射目を放とうとしていた。

「おいおい、森の開拓は他所《よそ》から始めてくれよ!?　逃げ遅れた兎《うさぎ》ちゃんがまだここにいるだろうが!?」

アレンは手を振って雷撃の槍《やり》を飛ばす。

それを見た魔法士達はこぞって逃げようとするが、アレンが生み出した槍は的確に追従するかのように魔法士達の脳天へと突き刺さった。

これで脅威はいなくなった……などと考えるのは安直だ。

「てめぇら、走れ！　かくれんぼの鬼さんが明かりを求めてやって来るぞ！」

アレンはリゼを抱えて走り出す。

辺りは燃え、アレンが生み出した光でこの場所は極端に目立ってしまった。

もし付近に第二皇子派の帝国兵がいるのであれば、間違いなく勘付いてここへ向かってくるだろう。

「生まれて初めてのお姫様抱っこ……憧れはなかったけど、もう少しロマンチックなシチュエーションがほしかったわね」

「俺だってほしかったよこんなにスリルあるシチュエーションじゃなくてさぁ!?　パーティー会場が焦げ臭くて仕方ねぇ！　助けたご令嬢が鼻つまんじゃったら絵面最悪だろうが！」

とりあえず、足を動かす先は当初のルート通りレティア国の国境だ。

セリア達とは違って迂回《うかい》ルートを進んでいるため、とりあえずは森を抜けることを優先しなければならない。

いや、それよりも問題は——

「今の攻撃……私怨から撃ってきたものって考えてもいいかな？　よく見えないけどあれって王国兵じゃね？ってノリで！　そっちの方が幾分か未来は明るい！」

「今の私達は旗も掲げてなければ甲冑《かっちゅう》よ。よく見えないけどってノリで撃ったのなら、間違いなく自国の兵士もいつか豚の丸焼きね」

「食卓に並ぶチキンはなんでもいいって発想の方が怖いわな！　魔法国家の輩《やから》は皆猟奇的なお心のまま育ったのかと不思議だよ！　教育方針はどうなってる!?」

無論、こんなことを言っているが無差別に知らない人間だから攻撃した……なんて可能性は薄いと思っている。

四《よ》つ巴《どもえ》の拮抗《きっこう》が続いている状態で下手に相手を攻撃して大義名分を与えてしまえば、魔法国家が維持してきた拮抗が簡単に崩れ去ってしまうからだ。

先に手を出したのはそっちだろ？　落とし前はどうつけてくれる？　こんな言葉を向けられ、軽く無視しようものなら相手だけではなく他国だって大義名分のある方に加担して食い物にするだろう。

それが頭で分かっているからこそ、誰かも分からない相手を攻撃するというのはあまり考えられない。

つまり、目的があり、相手が誰か知っているからで――

「とにかく逃げるぞ！　呑気《のんき》に登山なんかしてりゃ、後ろのクライマーに背中を突かれちゃうからな！」

「突かれるのが指だったらいいけど」

「残念なことに、登山に不相応な剣か槍だろうよ！　ここにはそういう趣味の野郎しかいねぇしな！」

そう思っていた時、進行方向にローブを羽織った集団が現れる。

人数は十人、それぞれがアレン達の姿を視界に収めるとすぐさま杖を向けてきた。

『敵だ！』

『ここにも男の風上にも置けない野郎が現れやがった！』

『守れ！　優先事項は大将と皇女様だ！』

兵士達も抜刀を始める。

だが、アレンはそれを大声で制した。

「馬鹿、手を出すな！　魔法士相手じゃ、兵士は不利だろうが!?」

アレンはリゼを抱えたまま口にする。

『英雄の軌跡を青く雷で照らせ《セリス・ヘイロース》』

いくつもの雷の柱がアレン達を囲うようにして生まれる。

その光は地面を抉《えぐ》るようにして魔法士達へと向かって行き、逃げる間もなく相手を飲み込んだ。

焦げ臭い匂いが辺りに広がり、黒く荒《すさ》んだ死体だけが地面に転がる。

「走れ！　このかくれんぼをさっさと終わらせて安全圏《セーフティーゾーン》に入るぞ！」

アレン一人であれば幾分かマシだったかもしれない。

だが、いつ背中を狙われるか分からない現状で護衛対象を抱えて動くのはいつか限界がくる。

故に、アレンは焦燥を滲《にじ》ませながら走り続けた。

◆◆◆

一方でアレン達と別れ、多くの兵士を引き連れて当初のルートを進んでいたセリアとスミノフはため息を吐《つ》いていた。

「さて、これは困ったことになりましたね」

「そうだなァ、姫さん。やっぱり俺もあっちに行けばよかったぜ」

何せ――

「敵が誰一人としていいねぇぞ？」

◆◆◆

走り続け、道中現れた魔法士を兵士達と協力して倒したアレン。

全力疾走したおかげか、数時間ほどで森を抜けることに成功した。

だが――

「……おいおい、話が違うんじゃねぇかリゼ様？」

少し起伏のある崖の上にて、アレンはポツリと言葉を漏らした。

その横では、同じように驚いているリゼの姿。

「ごめん、なさい……私もこれは予想してなかったわ」

「そりゃ、結構。馬の着順が大荒れすれば、同じことを吐くだろうよ。って言っても、吐くべきは俺達王国の人間だろうがな――」

二人が向ける視線の先。

そこには千を優に超える帝国兵と……魔法国家所属らしき魔法士の姿が数百名。

レティア国の国境を守るかのように、アレン達の行く先に立っていた。

「てめぇら帝国はいつから魔法国家と手を組んでいやがった!?」

目の前に広がる光景と状況。

アレンが驚いている以上に、リゼの心中は混乱を極めていた。

（マズイ……マズイマズイマズイマズイマズイマズイマズイマズイマズイッ

ッッ！！！）

魔法国家が帝国と手を結んでいる。

自分が知らなかったということは、十中八九第二皇子派が魔法国家と手を結んだのだろう。

いつから？　なんの利害があって？　真の目的はなんなのか？

この際、そこを気にするのは後回しでいい。

今は自分の置かれている現状を見つめ直さなければならないのだから。

帝国兵だけでなく、魔法国家の魔法士だっている。

戦力差など歴然で、真っ向から立ち向かうのは憚《はばか》られる。

また迂回して別のルートを探るか？　いや、それよりも目下一番危険視しなければならないのは――――

（王国が敵に回る……ッ！）

アレン達が自分の護衛をしているのは『今後の不可侵』という利益があるからだ。

しかも、それは第一皇子の即位が前提のものであって、そこが崩れてしまえばそもそも手を貸す理由などどこにもない。

今、アレン達が知っているのは『帝国内で継承争いが起こっている』という情報のみ。

両者にどんな派閥があって誰が味方なのかということは開示されておらず、常に現状の判断で知るしかない。

そして、アレン達は知ってしまった――魔法国家が第二皇子と手を結んだことを。

大国が手を結んだとなれば、どちらに天秤《てんびん》が傾くかなど明白だ。

であれば、ここで手を貸す理由などどこにもない……何せ、前提が崩れる方の可能性が高くなったのなら、これ以上リスクを負わなくてもいいのだから。

（それだけならまだいいけど、絶対にここじゃ終わらない……ッ！）

第二皇子は私に執着している。

もし、アレンが私の首を持って第二皇子側に擦り寄って利益を得ようとすれば？　第二皇子からしてみれば王国など箔《はく》にはなるが何をされても大した痛手にはならない。

私の首が手に入るなら可能な限り要求を呑《の》むだろう。

そんなことになってしまえば、私はたちまち孤立する。

現状一人しかいないのに、王国と第二皇子派、魔法国家から追われなければならない。

しかも、その王国には英雄とも言われる魔術師――アレンがいる。

足元が一気に崩れ去ってしまう感覚に陥った。

命は惜しくないが、何もなしえていないのに殺されるというのは、己のプライドが許さなかった。

だからこその絶望。思わず、膝から崩れ落ちてしまう。

「ははっ……」

読み間違えた。

まさか魔法国家と手を結んでまで自分を殺そうとするとは。

これからどうする？　今すぐアレン達《たち》に背を向けて魔法士達とかくれんぼを再開するか、アレン達に情で訴えるか？

最悪、自分の体を売ってでもここはなんとか生き延びなければ――

「おい、座ってんじゃねぇよ前を見ろ！」

その時、アレンがリゼの脇を抱えて立ち上がらせた。

「今はどうして第二皇子派が魔法国家と手を結んだのかなんて後回しだ！　袋のネズミちゃんになる前に猫ちゃんを撃退することだけ考えるぞ！」

言っている意味が分からなかった。

眼前にいるアレンの顔を見て、リゼは思わず呆《ほう》けてしまう。

「どうし、て……？」

「あァ？　それはあれか？　美少女の首を取ってゴマをすれば王国の利益になるんじゃないかってクエッションか？　やめろよ、首切るのは野郎だけでいいんだよ股間のナニが今後立たなくなっちゃうだろうが！」

美少女だから、もちろんそんな理由ではないのは分かっている。

彼は私利より国と人を考えられる人間だ。

もし、こうして否定的な言葉が出てくるのであれば――

「帰る家がある奴《やつ》をむざむざ殺させるか！　守ってやるって言ったのに今更手のひらなんか返せるかよ！」

――優しさ、それしかなかった。

だからこそ、リゼはおかしく……それでいて、嬉《うれ》しく、温かくなった。

瞳から少し涙が溢《あふ》れてくるぐらいには。

「ふふっ……馬鹿ね、ここで私を切る方が得なのに」

「俺の兄だったら切るだろうがな。生憎《あいにく》と俺は情で動くタイプなんだ」

アレンはリゼの瞳に浮かんだ涙を拭うと、集団に視線を向ける。

「見たところ、帝国お抱えの剣聖も魔術師も見当たらない。リゼ様の首を取りたいのは山々だが、そこまでは動かせなかったってことだ。だったら、やりようはある」

アレンはリゼの体を近くにいた兵士に向けた。

「てめぇら、こんな可愛《かわい》い美少女を売ってまで生き残りたいと思うか？」

『馬鹿言ってんじゃねぇよ、大将！』

『自分の命を優先するのはうちのモットーだけど、女を売ってまで生き残りたいとは思わねぇ！』

『そうだ！　大将が言わなきゃ俺らが言ってたぐらいだぜ！』

「流石《さすが》は男の中の男……よく言った！　てめぇらが部下でよかった！」

この人達は、本当に……馬鹿ばっかりだ。

自分を中心に盛り上がる兵士達を見て、リゼの顔に笑みが浮かぶ。

「それじゃ、てめぇらは後ろから追いかけてくる鬼さんから全力でリゼ様を守れ。俺は群がることしかできん蟻《あり》さんに蓄えがなくなったキリギリスくんの恐ろしさを教えてくるから」

その発言の意図を、リゼは理解する。

つまりは「単身で乗り込むから撃退するまで自分を守れ」ということ。

「あなた……相手は、魔法士もいるし、あの人数なのよ!?」

「馬鹿言うな、俺は魔術師だぞ？　そこいらの有象無象《うぞうむぞう》が束になったところで負けるかよ。もし心配って言うんだったら」

アレンはリゼに向かって、年相応の無邪気な笑みを浮かべた。

「俺のやる気が出るように、何か言ってくれや」

その表情を見て、リゼは悟ってしまう。

きっと、何を言っても自分が前に出て拳を握るのだろう、と。

ふと、セリアの昔話を思い出してしまった。

どうして急にそんなことを思い出してしまったのか？　恐らく、今のアレンの背中が英雄《ヒーロー》のように見えたからだろう。

故に、リゼは――

「……無事に戻ってきたら、この美少女から愛を込めてキスをしてあげるわ」

「俄然《がぜん》やる気になったんだけどどうしよう!?　結構予想外のプレゼントにちょっと動揺しちゃうんだが!?」

ズルいぞ大将！　そんな言葉を受けながら、アレンは小さく手を振った。

そして、勢いよく斜面を下っていく。


――アレンとて、この戦いが不利だというのは理解している。

たとえ魔術師であっても万能ではない。

数に押されて不意を突かれてぽっくり逝ってしまう……なんてことなど、容易に考えられるから。

だから、アレンは祈った――

（頼むぜ、相棒……お前なら来てくれるよな！）

もし、敵がここに全戦力を向けて来ているのなら、セリア達も違和感に気づいているはずだ。

そうなれば、きっとセリアは駆けつけてくれる。

魔術師が二人なら……この局面、まだ可能性は十分にあるのだ。

その時、ふとアレンが下っている先、国境付近の視界が悪くなっているように感じた。

まるで、霧に覆われているかのような――

「流石だよ、俺の相棒さんっ！」

アレンは口元に笑みを浮かべると、国境にいる帝国兵と魔法士に聞こえるよう大声を出した。

「さぁ、戦争だクソ野郎共！　魔術師相手に勝てると思う馬と鹿だけ前に出やがれ！」

後ろには守るべき女がいる。

ならば、拳を握れ。

英雄は、常に前へ出て誰かを守るために戦うのだから。

◆◆◆

セリアは敵がいないと判断すると、すぐさまアレン達が進もうとしているルートへと向かった。

過程に「ズルイぞ俺が行きたい！」とスミノフに言われたが、兵士達を放置するわけにはいかない。スミノフはお留守番だ。

敵がいないのならどこに行ったか？　諦めた……それなら取り越し苦労で終わる。もしそうでなければ、向かうのは本丸のいるところと決まっているからだ。

なんとか合流できればいいが。

戦場を動かすほどの戦力を有している魔術師とはいえ、数で押し切られれば負けることだってある。

であれば心配せずにはいられない。

どうせ、あのご主人様のことだ……逃げずに我先にと立ち向かうに決まっている。

あんなに戦争はしたくないと言っているのに。

（でも、そこがご主人様の愛らしいところなんですよね……）

さて、走っているがいつ辿《たど》り着くか。

もうすでに戦争が始まっているかもしれないし、呑気《のんき》な考えなど吹き飛んでしまうぐらいピンチかもしれない。

セリアは足を早めた。とりあえず、他の兵士達は先にレティア国へ入らせたし、心配事が少ない分足も軽い。

そして――

(おっと、これは……)

セリアは足を止め、すぐさま物陰へと隠れる。

視線の先――アレン達が向かう最終地点の国境付近にて、帝国軍らしき兵士が行列するように展開をしていた。

中には忌まわしき魔法士共《クソヤロウ》もいるではないか。

(となると、クソ野郎共は第二皇子派と手を組んだ、ということでしょうか……?)

それなら話はだいぶ変わってくる。

何せ、リゼに加担するメリットが少なくなるし、リゼを今すぐ切れば第二皇子派から利益が得られるかもしれない。

(私個人としても、王国としてもここで切ることに躊躇《ためら》いはありませんね。クソ野郎共と手を結んだとなれば、第二皇子派の方が継承争いに勝てそうですし)

むしろ負けてしまう可能性が高いのであれば、加担してしまった先に第二皇子派からの報復があるかもしれない。

しかし――

「ふふっ、それでこそご主人様です」

視界の端。

崖の斜面を滑るように下る青年が一人。単身で展開する帝国兵に向かって行く姿が映った。

その姿を見て、思わずセリアの口元が緩む。

「分かりました、ご主人様……さぁ、今日も戦争ですね？」

セリアの体が薄れる。

その薄さは徐々に広がっていき、やがて戦場全体を飲み込むほどまでになっていた。

セリアは青属性『霞《かすみ》』の先駆者の魔術師だ。

己の体を霧へと変化させ、生まれた霧を凍らせたり実体を持たせることができる。

魔術を展開すればどんな攻撃でもセリアに当てることは難しくなり、相手を氷漬けにすることも、氷で挟んで切断することも可能になる。

また、霧が発生している場所に限って言えばどこにだって自身を出現させることもできるため、応用力が利く魔術でもあった。

これがセリア・セレスティン。

かつて魔法国家の神童とも呼ばれた元令嬢の成長後である。

『さぁ、戦争だクソ野郎共！　魔術師相手に勝てると思う馬と鹿だけ前に出やがれ！』

戦場全体にそんな声が響き渡る。

そのおかげもあってか、魔法士も帝国兵も全てがアレンの方に視線を向けた。

(きっと、ご主人様も私のことに気づかれていますね)

だからこそ声を上げたのだろう。

気合いと、呼応してくれた自分にお礼を言うために。

こうして頼られている……その実感が、セリアの胸の内を熱くさせた。

やはり、彼こそが特別だ。いつでも自分の居場所を用意してくれている彼が。

「では、気合いを入れましょう。このお仕事が終われば、存分になでなでしてもらうのですから」

青い雷が戦場に猛威を振るい始める。

その時、セリアは戦場に広げた霧の温度を下げた。氷点下になれば、必然的に霧という水分は固形へと変わる。

その密度さえ増やしてしまえば、一瞬にして氷のオブジェの完成だ。

「氷固《サーブル》」

セリアが拳を握り締めた瞬間、戦場にいた一部の魔法士の体が氷漬けになった。

それで収まればまだ可愛い方だが、酷《ひど》い人間だと氷の間に首が挟まってもげていたりする。

絵面が酷かったからか、それともいきなりの敵襲に驚いたからか、周囲にいた人間は驚き戸惑いを見せた。

そして――

『死にてぇ奴《やつ》だけかかってこい！　サンタのバイトを始めた俺がしっかりとプレゼントを渡してやるからよォ！！！』

戦場の反対側。

そこでは愛《いと》おしき主人が雄叫《おたけ》びを上げながら帝国兵へと力を振るっていた。

時に青い稲妻が戦場を横切り、電気から生まれた磁力によって飛ばされる剣が頭上を掠《かす》めたり、逃げても追ってくる雷撃が辺りを走り回ったり。

背後から敵が狙ってきているにもかかわらず、正面から魔法を放たれているにもかかわらず。

アレンの猛攻は止まらない。

戦場に己の猛威を振るい続けていく。

(流石は英雄様……私でもあなたに勝てませんよ)

アレンが英雄と呼ばれている所以《ゆえん》は何も魔術師だからというわけではない。

それだけなら、セリアだって他の魔術師だって言われ続けているだろう。

結局、弱小国の救世主だからだけではない――

圧倒的、戦闘センス。
己の魔術を最大限発揮し、最大限理解しているからこそ巧みに操る。
戦争嫌いのはずなのに、人と拳を交えることに特化していた。
きっと、どんな相手であってもアレンは後れを取ることはないだろう。
『ふ、ふざけんな！』
『どうして魔術師が二人もいるんだよ！』
『だ、だが相手はたった二人だ！　押し切ればなんとか勝てる！』
『だからもう一人はどこだよ!?　さっきから視界が悪くなってるだけじゃねぇか！』
阿鼻《あび》叫喚《きょうかん》。
二人の猛攻が、戦場を混乱させていく。
それが面白くて、セリアは思わず笑ってしまった。
——別に人を殺すことが好きなわけではない。
でも、アレンが活躍している結果だと思うと嬉《うれ》しくなってしまうのだ。
「負けてられませんね。サンタのバイトを私も始めましょうか」
セリアは気合いを入れて戦場に足を進めた。

辺りには濃い霧が広がっていたという。

◆◆◆

「痛い……とにかく痛い」

涙目のアレンが戦場で鎮座する。

とはいえ、戦場といってもすでに立ち上がる帝国兵や魔法士の姿はない。

見事な骸《むくろ》が夢に出てきそうで少し心配ではあるが、それよりも現状の自分の体がかなり心配である。

「腕が折れていますね」

「日頃やわらか体操を強制的にやらされているはずなんだけど、どうして俺の腕は軟弱なんだ」

「関節と骨は別物ですよ。今度からはやわらか体操のあとにカルシウムを摂《と》りましょう」

「……可愛《かわい》い表現したけどさ、やわらか体操ってただの関節技を食らうってことなんだわ。日常的にしたいわけじゃないのよ分かるぅ？」

合流したセリアがアレンの腕を拾ってきた棒で固定していく。

妙に手馴《てな》れているのは、それぐらいアレンが怪我《けが》をしてきたからか？　流石《さすが》に何千人も相手にすれば無傷とまではいかなかったようだ。

「帝国の甲冑《かっちゅう》は大半が連邦からの輸入物です。硬質を極めた最新技術相手にパンチをするのが間違いなんです」

「英雄は拳を握るものなんだそうだぞ」

「振り下ろせまでとは言っていません」

ぶー、と。

痛みに堪えながらぐちぐちと言うアレン。

それがなんとも可愛くて、セリアは頭を撫《な》でてあげたい衝動に駆られてしまう。

「終わったみたいね」

その時、二人の下へリゼがやって来る。

後ろにいる兵士の人数は十人。どうやら一人も欠けず生き残れようだ。

「俺の骨が完治するまでが戦争なんだ」

「そう、ならまだまだ戦争をしなきゃいけないみたいね。私の部下でよかったら王国に攻め入れさせましょうか？」

「うん、本当にごめん。遠足と戦争は別物なんだね勉強になったよ」

こんなしょうもないやり取りで戦争なんてしてられるか、と。

頑張ったで賞をもらったばかりのアレンは首を横に振った。

「それにしても、まさか本当に倒してしまうとはね……」

　リゼは辺りを見渡す。

　骸と血が広がっている中には誰も立っていない。

　間違いなくアレン達《たち》が残したものであり、彼の頑張りが目に見える形で現れただけの光景であった。

「責めるか？」

「え？」

「狙われていたとしても、同じ帝国の人間だろ？　手にかけた男に対して何か思うところがあるんじゃないか？」

　一国を担う皇女として、民が死んだことに何か文句があるのかもしれない。

　もちろん、アレンに後悔はない。手にかけなければ守れなかったものがあるし、これが戦争なのだと弁《わきま》えている。

　それでも感情というのはそれだけで割り切れない部分があるというのも知っている。

　何せ戦争に正義も悪も存在しないのだから。

「あるわけないでしょ。継承争いが始まった時から、分別はとっくにつけてきたわ」

「そっか……生き難《にく》い世界に生まれたもんだな、お前も」

　包帯をグルグル巻かれながらアレンはどこか悲しそうに笑う。

こういう気分を味わうから戦争なんか嫌いなんだ。

早くもお布団とふかふかの枕が恋しくなってくる。

「んじゃ、さっさとレティア国に入れ。俺らの役割はここまでだ」

もう目と鼻の先にレティア国の国境がある。

あとは中にいる自分の兵と合流すれば全てが解決するはずだ。

もっとも、リゼにとってはここからが本題。如何《いか》にレティア国を味方につけるかが重要になってくる。

「名残惜しい顔とかしてくれてもいいのに」

「俺は別れにお涙ちょうだいの演出なんてしない主義なんだよ。意外と世界は狭い、どうせ嫌でも生きていれば会うこともあるだろうさ、同じ国を担う若人なんだから」

「ふふっ、それもそうね」

リゼは歩き始める。

それを見て、アレンは兵士達に「送ってやれ」と言ってあとを追わせようとした。

しかし――――

「あ」

「あ？」

リゼが立ち止まって、何かを思い出したかのように振り向いた。

そして、スタスタとアレンの近くまで駆け寄る。

「どったの？　最後にこのイケメン顔を拝んでおこうとかそういうシチュ？」

「ご主人様は大仏ではありません」

「俺も坊主にだけはなりたくないなぁ」

と軽口を叩《たた》くものの、どうしてこっちに来たのだろうか？　二人は首を傾《かし》げる。

「そういえば、忘れ物があったのを思い出したわ」

「下着なら盗んでないぞ！」

「真っ先にその言葉が出てくるっていうのもどうなの？」

そうじゃなくて、と。

リゼは徐《おもむろ》にアレンの顔を両手で摑《つか》んだ。

そして――

「んむっ⁉」

「ひゃっ⁉」

リゼが、アレンの唇に己の唇を重ねた。

当の本人も驚いたが、横にいるセリアも思わず驚いてしまう。

端整な顔立ちが眼前に迫り、甘く柔らかい感触が口全体に広がった。

「約束、したものね」

そう言って、赤くなった顔を離したリゼはいたずらめいた笑みを浮かべた。

「美少女から愛を込めてキスをしてあげたわ。ファーストキスなんだから、光栄に思いなさいよ……愛しい英雄さん」

リゼは今度こそと、国境に向かって歩き始めた。

取り残されたのは、呆《ほう》けるアレンと額に青筋が浮かんだセリア。

「……泥棒猫め、助けなければよかった」

「い、いやー……俺としてはありがたいというかなんというか。美少女のキスっていうのはどうにも胸と腕関節にくるものがあるしぃぃぃぃぃぃぃぃぃぃぃぃぃぃぃぃぃぃぃぃぃぃっ！！！？？？」

鼻の下を伸ばす主人に腹が立ったメイドはすぐさま腕の関節をあらぬ方向に曲げる。

ちなみに、その腕は絶賛折れたばかりの貴重で悲惨な場所であった。

「セリアさんっ!?　怪我人！　俺ってば怪我人だから少しは労《いたわ》ってぇぇぇぇぇぇぇぇぇぇぇぇぇぇぇぇぇぇぇぇっ！！！？？？」

静寂が広がった戦場に悲鳴が響き渡る。

勝ったあとの空はとても青く澄んでおり、心地よい風が吹き抜ける。

――こうして、護衛戦という戦争が王国の勝利という形で幕を下ろした。

暗い、暗いよ。

どうして私はこんなところにいるの？　寂しい、寒い、怖いよ。

助けて……お姉ちゃん。

◆◆◆

――帝国の第一皇女の護衛からはや一ヶ月。

王国へと無事に戻って来たアレンは、久しぶりの休暇を思う存分満喫していた。

「さて、ご主人様？　もう一枚抱いておきますか？」

「やめてっ！　これ以上石を抱いちゃったら俺の足が死んじゃうっ！」

しっかりと休日を満喫していた。

「まったく……せっかくの休日ですのに、王子ともあろう者が朝から娼館《しょうかん》になど。もう少し違う遊びとかないのですか？　例えば若かりし頃を思い出して積み木で遊ぶとか、メイドと余生を共に過ごすおままごととか」

しれっと願望を口にするセリアの手には平べったい石が三枚。

そして、正座しているアレンの足の上には七枚が載っている。

なお、両手はしっかりと後ろで縛られているもよう。

「せっかく長期の戦争が終わったっていうのに、ひと夏の思い出すら刻ませてくれないのかこのメイドは……ッ！　ブラックにブラックをオマージュしすぎだろ、この職場！！！」

「せっかくの長期の戦争も、実質はプラマイゼロ。なんの功績も挙げていませんので働くのは当然です。そういうセリフはしっかりと利益を獲得してから言ってくださいね」

第一皇女を無事にレティア国へ送ったとしても、結局継承争いが終わらなければ王国の利益などない。

更に、もし第一皇子が継承争いに負けてしまえば報復される恐れもあるので実質マイナス。

可愛《かわい》い女の子を助ける英雄となっても、結局のところ国としてはかなり無駄足もいいところであった。

そんな状況で性懲りもなく娼館に行くなどと言い始めたのだ。

これはもう抱くしかないよねっ☆

「あと、どこぞの女狐《めぎつね》にキスをされた件もお忘れなく」

「あれって俺は悪くないよね嬉《うれ》しかったけども!?」

「ささっ、もう一枚♪」

「ふぉぉぉぉぉぉぉぉぉぉぉぉぉぉぉぉぉぉぉぉぉぉぉっ！！！？？？」

――――さて、今日も本当に平和な一日だ。

どこぞの青年の足がかなり酷《ひど》いことになりつつはあるが、それでも争いごとのないのどかな日常。

これこそ、アレンの望んでいた生活である。

「おにいさまー！」

その時、ふとアレンの部屋の扉が開け放たれた。

そこから顔を出したのは、くりりとした瞳と愛くるしい顔立ちが目を引く可愛らしい少女。

そんな少女は長い金髪を靡《なび》かせながらアレンの近くまで駆け寄った。

「おはようございます、アリス様」

「うん、おはよー！　セリアさんっ！」

アリス・ウルミーラ。

ウルミーラ王国第一王女であり、内政を担当するアレンの妹である。

ちなみに、アレンの二つ下と年齢も近い。

「おにいさま、遊ぼ……って、うわぁ……」

「引くなよ、どっからどう見ても自分の意思でやったわけじゃねぇって分かるでしょそういう趣味じゃないんだよぉぉぉぉぉぉぉぉぉぉぉぉぉぉぉぉぉぉぉぉぉぉぉぉぉぉぉぉぉぉぉぉぉお！！！」

石を抱いているアレンに引く妹。

兄としての威厳を維持するためには、早急に誤解を解いておかなければならなかった。

「それで、これってどういう状況？」

「ご主人様が朝っぱらからひと夏の思い出をピンク色に染めようとしていたのでお仕置きをしておりました」

「あー、なるほどね。汗水流して輝かしい青春の一ページを刻もうとせずにナニで汚そうとしたのかぁ……納得。もう一枚いっちゃっていいよー」

「承知しました」

「いやぁぁぁぁぁアアアアアアアアアアアアアアアアアアアアアアアアアアッッッ！！！」

さて、本当にのどかで平和な一日だ。

「そういえば、おにいさま」

兄の絶叫が響き渡る中、何かを思い出したかのようにアリスが口にする。

そんな妹に、兄は涙目で顔を向けた。

「ど、どうしたのかね我が妹よ……」

「最近、戦争ばかりで国庫が厳しいんだよねぇ」

主に内政を担当しているアリスは国のお金も管理している。

軍備費、税金、経費諸々《もろもろ》、全てこのか弱い少女が取りまとめていた。

故に、時折お小遣いをねだったりすることもあるので中々頭が上がらないのは内緒である。

「……それって俺が悪いわけじゃないよな？　俺だって戦争したくねぇよさっさとトンズラして隠居してぇよ」

「まぁ、おにいさまが悪いわけじゃないんだけどさ、うちとしては愚痴ぐらい言いたいっていうか？　小国では小さな戦争ですら火の車なのです」

「そこへ無駄な戦争をして利益を持って来なかった人が現れたのですね」

「その通り！」

「だから俺だって好きで戦争したわけじゃねぇのよ兄上に文句言えよそういうのッッッ！！」

元はと言えばロイが第一皇女のお願いを聞き入れたことから始まったのであり、決して好きで誰かの英雄になったわけではない。

火の車にした自覚はあるが、全て自分のせいだと言われるのは大変心外であった。

「……そんで、結局何が言いたいの？」

「んー……最近さ、うちの者が連邦との間にある空白地帯で鉱脈を見つけたみたいなんだよ」

「うんうん」

「っていうわけでさ、宰相とも話したんだけど――――」

アリスはとびっきりの笑顔を向けて、こう言い放った。

「ちょっと戦争して奪ってきてよ。今なら歴戦の主婦さん達《たち》も手を付けてないからお得だし♪」

「セリア、今すぐこいつの足に同じやつを載せるんだッ！　スーパーのセール感覚で戦争やらせる妹に躾《しつけ》しろぉぉぉぉぉぉぉぉぉぉぉぉぉぉぉぉぉぉぉぉぉおぉ！！！」

とりあえず、簡単に戦争をして来いと言い始める妹にはお仕置きを。

でなければ、王国の英雄が荷物纏《まと》めてトンズラしてしまうのだから。

◆◆◆

「嫌だからな!?　絶対に戦争とか嫌だからな!?」

時は過ぎて、現在アレン達は王都へと繰り出していた。

弱小国とはいえ、流石《さすが》は国の中心部といったところか。人で溢《あふ》れ返っており、繁華街から聞こえる声はとても賑《にぎ》やかだ。

出店やら商店やら色々並んでいる姿はどこか目を引いてしまうものがあり、アリスは久々の外出に目を輝かせていた。

ちなみに、スミノフも一応誘ったのだが「剣、振ってもいいのか？」などとご近所迷惑になりそうだったので置いてきたのは、余談である。

「おにいさま、私はあのりんご飴《あめ》食べたいんだよ！」

とりあえず、兄の必死の訴えなど聞かずにアリスは屋台の商品を指差した。

「お財布すっからかんなお兄ちゃんにお菓子をねだるか、そうか。君がお小遣いを上げてくれたら俺は喜んで首を縦に振っていただろう。っていうか俺の話を聞いて」

「聞いてもいいけど、戦争したくないばっかりじゃん。それに、お小遣いアップしたらおにいさまの関節が柔らかくなっちゃう」

「『お小遣い＝関節技』ってところに違和感を持とうぜマイシスター」

「ちっちっちー、甘いよマイブラザー。おにいさまが娼館へ行こうとする度にセリアさんから関節技をキメられているのは今や王城の名物なんだよ」

これまた随分とシュールな名物である。

「お待たせしました、りんご飴です」

ふと、離れていたセリアが戻ってきた。

どうやらアリスの要望を聞いてりんご飴を買ってきたらしい。

「わぁー、ありがとうセリアさんっ！」

「いえいえ、お礼はご主人様にどうぞ」

「あれ？　人のお財布から勝手に払った感じ？」

どうやらそのようだ。

とはいえ、一国の王子であるアレンからしてみればりんご飴程度は安いものだろう……きっと。

『アリス様！　こっちで座っていくかい!?』

『英雄様、うちの串焼きも食べていってくだせー！』

『セリア様、この前はありがとうな！』

歩いていると、あちらこちらから声をかけられる。

威厳と風格……というよりかは、王国では親しみという面で慕われているのだと分かる。

二人の性格のこのように明るく接しやすい部分が一番なのだろう。

才能主義の魔法国家とは大違いですね、と。セリアはこのような光景を見る度にそう思ってしまった。

もちろん、こういった温かい国の方が好きだ。アレンに拾われてよかったとつくづく思う。

「まぁ、話を戻すけどさおにいさま……ぶっちゃけた話、国を拡大するなら間違いなく空白地帯の鉱山は押さえておきたいんだよね」

りんご飴をぺろぺろと舐《な》めながらアリスは口にする。

「新しい鉱脈を手に入れれば他国に売ることだってできるし、うちの産業ももっと発展する。空白地帯にある落とし物を誰も拾わないんだったらうちが拾っても問題ないと思うんだよ。先に見つけたのは王国だし」

「だが、俺らが先に押さえようとすれば連邦は黙っちゃいねぇだろ？　空白地帯はどこの領土でもないが、他国の領土になるなら話は別だ」

もし、王国が空白地帯の一部を領土にすればどうなるか？

接している連邦は、他国が領土を広げるのは面白くない。加えて、国境が近くなる分危機感も増す。

更に、領土を広げようとすれば「そこに何かあるんじゃね？」と考えて自分達も領土にしようと考えるのが妥当だ。

先手を打つとしても、戦争になることは避けられない。

「しかし、アリス様の仰《おつしや》る通り鉱脈の話が本当であればこれほど美味《おい》しい話はありません。餌がご丁寧に置かれているのであれば食いついてみてはいかがです？」

「釣り上げられて籠の中に入れられなきゃ考えたけどさ、戦争するのは俺な？　王子である俺な!?　国の利益だひゃっほーいで動くような人間じゃないの！」

「王子さん、頑張ってふぁいと♪」

「妹の声援が崖っぷちに立たせる……ッ！　マジでこんな国さっさと出てトンズラしてぇ！」

とはいえ、これに関しては直々命令が下るというわけではなく先手を打つかどうかの話。もしかすると連邦が先に手を出すかもしれない。その前にもらっちゃえということなので、軍が動かなければ内政を担当しているアリスが何を言ったところで無駄だろう。

（まぁ、私もおにいさまを戦場には行かせたくないし、悩ましいところなんだよねぇ……。国は発展させたいけど、おにいさまには危険な目に極力遭ってほしくない。もう一回宰相さんと相談かなぁ）

おにいさまLoveなアリスは嘆く兄の顔を見て思案する。

妹とて、兄を戦争に行かせたくないのは本心。いくら兄がいないと始まらない国になってしまっても、そこは変わらなかった。

「おや、あれは……」

その時、ふとセリアが先を見て首を傾《かし》げる。

そこには王国では珍しい祭服と修道服を着た男女が繁華街を歩いている姿があった。

「神聖国の神父とシスターか？　珍しいな、こんな小国に来るなんて」

　イルムガンド神聖国。

　その名の通り、神を神聖視している宗教国家だ。

　神を崇《あが》め、信徒を増やしていくことで団結し、国力を上げてきた大国で、全ては「正義」と「平和」を行動指針にしている。

　中でも特徴的なのは『聖女』と呼ばれる人間がいることだろう。

　魔法を使うわけでもなく、神から与えられた御業《みわざ》によって人を癒し、災いから人々を救う。

　実際にそれは噂《うわさ》などではなく、本当に存在するのだから余計に信徒に影響を与えている。

　大国になった歴史を振り返れば、この聖女という存在が大きかった。

「信徒を増やそうとしてるんじゃないかな？　最近はよく王国にも布教に来てるよ」

「いいのか？　うちでそんなことをさせても」

「別にうちは宗教の自由は認めてるからね。無理矢理国民を取り込もうってわけじゃなくて、単純に布教しているだけだからスルーしてる。それに、うちとしてはちょっと歓迎だったりするんだよ」

「どうしてでしょうか？」

　疑問に思ったセリアはアリスに尋ねる。

「仮にここに神聖国の教会とか作ってくれれば、王国が攻められた時に助けてくれるでしょ？　信徒が襲われた！って。そうしてくれればうちとしては大助かりなんだよ。大国バックはかなり魅力的☆」

「流石内政担当、よく考えていらっしゃる」

「本当はこういう部分はロイおにいさまの仕事なんだけどね。ちょっと内政に絡んできちゃったからお勉強したのですどやぁ！」

「ういうい、可愛《かわい》いドヤ顔だぞ我が妹よ」

「えへへー」

兄に褒められ、頭を撫《な》でられるアリスは嬉《うれ》しそうな顔をした。

それを見たセリアは羨ましいと思ったのか、頬を膨らませて不満気なアピールを見せる。

「っていうことなら、安心して布教させとこうか。せっかくの休日だし、妹との交流を深めよう」

「さっすが、おにいさま！　そういう兄妹愛が深いのは好きだぞー！」

「ご主人様、私もいます！」

「セリアへの愛情は既にマックスだから気にするな」

「そ、そうですか……！　ここでストレートに返されると文句が言えないのが悔しいですっ」

頬が赤くなったセリア、嬉しくて腕に抱き着くアリス。

そんな二人を連れて、アレンは王都の人混みへと足を進めた。

（こういう日が続けばトンズラなんて考えないんだけどなぁ）

そんなことを思いながら。

まぁ、それがフラグになったのは追々の話ではあるが。


――それから、アレン達は色々なところを巡った。

出店で軽食を食べたり、女の子二人のために服屋へと足を運んだり、路上で詠《うた》っている詩人の詩を聞いたりと。

正しく休日。本来は王族であるアレンとアリスには護衛をつけなければいけないのだが、頼もしすぎるメイドとそもそも守られる必要のない王子がいるために割愛。

気兼ねなく王都巡りを楽しむことができた。

「じゃあ、次は商店に行って最近の流行《はや》りを入手するのだー！」

「お、お兄ちゃんはそろそろ限界でっせ妹さんよぉ……！　途中から遊びというより行軍感覚なんですけども！　ここ戦場じゃないっていうのに！」

妹の元気はどこまで続くのか？

連れ回され疲弊しきったアレンは妹との爽やかな休日を味わう途中で挫折してしまった。

「ご主人様、飲み物はいかがですか？」

疲弊しきったアレンを見かねて、横を歩くセリアが飲み物を差し出した。

どうやら彼女はそこまで疲れていないらしい。

「お、おう……ありがと」

「先程私が飲んだものですが、問題はありませんよね？」

「……美少女との間接キスに喜べばいいのか照れた方がいいのか、疲れ切った俺の脳は正常な判断を下してはくれなかったよ」

アレンはメイドの小狡《こずる》い策略を知ることもなく受け取った飲み物を口にした。

セリアはそれを見て少しだけ頬を染める。自分から渡したのに。

『あ、あのっ！　お尋ねしたいことがあるのですがっ！』

そんな時、ふと往来の先から一際大きな声が聞こえてきた。

視線を向ければ、一人の修道服を着た女の子が誰彼構わず声をかけている姿があった。

もちろん、比較的心優しい王国民が無視をするわけもない。

しかし、何度も声が聞こえてしまうのは声掛けに応じても力になれなかったからだろう。

女の子の必死な声が、往来によく響いた。

「むむっ、困っている人、発見！　これは助けなきゃだね！」

正義感溢《あふ》れる心優しいアリスちゃんは、修道服の少女を見かけるとすぐに走っていってしまった。

ただ、買ったばかりの自分の荷物を置き去りにして。

「……その優しさを荷物を拾わなきゃいけない俺に少しでも向けてくれればいいのに」

「実の兄には気兼ねなく接することができるんですよ。これも兄妹愛ですね」

「愛と荷物が重いぜこんちくしょう。現在進行形でアリスの荷物を持っているのを忘れるな……ッ！」

やれやれと言ってアレンは仕方なく置いて行かれた荷物を片手で持ち上げる。

ちなみに、アレンのもう片方の手と背中にはアリスの買った商品があるので「女に荷物を持たせるわけにはいかねぇからな」といったかっこいいセリフが吐けなかったりしていた。

ただ「持ちましょうか？」というセリアの気遣いを断れるぐらいには男の気力が残っていたようだが。

そして、アレンは少し遅れてアリスと合流する。

（うわ、すっげぇ可愛い子……）

そこにいたのは、ウィンプルから覗《のぞ》く長いプラチナブロンドの髪が特徴的な少女。

アリスと同じように愛くるしくも可愛らしい顔立ちに、透き通った翡翠色《ひすいいろ》の双眸《そうぼう》、潤んだ桜色の唇や整った鼻梁《びりょう》には見惚《みと》れてしまいそうになる。

（なんでこうも出会う人間全員顔面偏差値が高いのかね？　アイドルのプロデュースでもすれば一躍世界のトップが狙えそうなんだが？）

セリア然《しか》り、リゼ然り、この少女然り。

出会う人間全員が群を抜いて美しい女の子ばかり。

男としては嬉しいことこの上ないのだが、何故《なぜ》か平素とは違う場所で出会ってしまうのは考えどころであった。

「んで、お兄ちゃんに世話係を勝手に押し付けた心優しい妹さんは助けられたかね、この女の子を？」

「聞いて、おにいさま！　この子は迷子らしいんだよ！」

確かに、国民が少ないとはいえ王都のど真ん中。

人通りも激しく、迷子になってしまうのは仕方ないのかもしれない。

加えて、見たところ神聖国のシスターのようだ。初めて訪れたのであれば余計に道に迷いやすいだろう。

「い、いつの間にか騎士さんとはぐれてしまって……色んな人に聞いているのですが、騎士は見かけてないと」

シュン、と。少女はうな垂れる。

小柄故だろうか、どこか庇護《ひご》欲が駆り立てられる姿であった。

「神聖国の騎士、ということは聖騎士でしょうか？」

「え、こんなところに聖騎士来てんの？　やめてよ誰か襲う気？」

「い、いえっ！　ただ私達《たち》はこの国に教会を建てさせていただけないか王家に交渉に来ただけですのでっ！」

その言葉を聞いた瞬間、アリスの瞳がキランと光った。

まるでネズミを見つけた猫さんのようだ。可愛い。

「ようこそっ、ウルミーラ王国へ！　その手の話は絶賛大歓迎のサプライズ級だよ！　シャンデリアの下でチキンを贈呈しちゃうぐらいには手厚くおもてなしするよ！」

「こらこら、この子はプレゼントを運びに来たサンタさんじゃないの。テンション下げて靴下だけ準備しておきなさい迷惑でしょ」

「そんなことはありませんっ！　サンタさんが来るのであれば盛大におもてなししないといけませんよね！」

サンタさんが自分であることに気がついていない可愛らしい少女。

なんだろう、純粋無垢《むく》さが窺《うかが》えて下手な発言ができない。

「でも、おかしな話だよな。普通、聖騎士を護衛として連れてくるんだったらもうちょい役職の高い人間が来るもんじゃねぇの？　一介のシスターに教会建築の話とか持ってこさせるか？」

「そういえば、確かにそうですね。それこそ、教皇や大司教とまではいきませんが司祭クラスが来るものかと」

自国での教会建築であれば何も考えることはないだろう。

しかし、他国となればそうもいかない。お願いする立場なのだからそれ相応の人間が来ないと相手に失礼となる。

いくら弱小国の王国でも、無礼だという展開になるのは目に見えている。

どうにも少しおかしな話だなと、セリアとアレンは首を傾《かし》げた。

「あ、そういえば申し遅れました――」

だが、そんな傾けた首はすぐに起き上がることになる。

「私、ソフィア・ベネットと申しまして、今は神聖国で聖女のお役目をちょうだいしております」

「……へ？」

◆◆◆

「しっかし、まさかあの迷子の子が聖女だったとはなぁ」

アレンは自室のベッドで寝転がりながら先程出会った少女のことを思い出していた。

神聖国の聖女と言えば、教皇に次ぐほどの地位を持った権力者だ。

神聖視されている面を見れば、民からの人気は教皇よりも上だろう。

そんな相手がいきなり目の前に現れれば驚きもする。迷子になっていたが。

「世の中、何が起こるか分かりませんね。結婚式のサプライズゲストに国王陛下がやって来た感覚と同じでしょうか？」

「え？　新郎側の席に座ってくれなきゃ困るんだけど？」

アレンからしてみれば実の父親が同席もせずにサプライズに現れたら驚くというよりも困るだろう。

どこから現れてんだよと、拳が飛んできてもおかしくはない。

「それで、聖女様はどこに行かれたのでしょうか？」

アレンの頭を膝の上に載せながらセリアが尋ねる。

現在、アレン達は王都巡りを中断して王城へと戻ってきていた。

もちろん、ソフィアも一緒に連れてきた。捜している聖騎士はアレンの兵士達に任せるという流れに落ち着く。

流石《さすが》に聖女をあのまま王都に放置するのはよろしくないというのが、アレンとアリスの見解であった。

「さぁ？　アリスが連れて行ったからなんとも。国のどこに何を建てるかっていう部分はアリスの担当だからな、きっとその話でもしてるんだろうよ」

「驚いていましたね、ご主人様達が王族だと知った時は」

「向こうも結局は俺達と一緒だったってわけだ。そりゃ、いきなり目の前に王族が現れれば結婚式にサプライズで教皇が現れるぐらい驚くだろうよ」

「向こうからすれば、それこそサプライズで現れれば困るのでは？」

似ているようでどこか違う。

具体的に挙げるとすれば、間違いなく国力という悲しい点だろう。

「ま、結局聖女様だろうがなんだろうが俺達には関係のない話だ。優雅に昼寝にでも興じようぜ？」

「ご主人様、そろそろ足が痺《しび》れてきました」

「おっと、すまん」

「ですので、寝るのであれば添い寝でカバーしようと思います」

「おっと、その発言をしてくるとは思わなかったぞ。男女が同じベッドという点に君は危機感を覚えるべきだ」

日は沈んでいないが、流石に未婚の男女が同じベッドというのはマズいだろう。

合法的に金を払う場所ならともかく、メイドに手でも出せば一夜の過ちが人生の過ちに早変わりだ。

「式を挙げるなら海の見える丘の上で挙げたいです」

「なるほど、危機感を越えた先の責任まで君は見据えているわけか……ッ！」

「子供は三人ぐらいがちょうどいいと考えます」

「将来設計まで組み立ててるとは思わなんだ！」

「ですが、ご主人様がサッカーができるぐらいほしいというのであれば考えなければなりませんね……」

「考えるべき点は二十人も容認できるお前の頭だと思うが!?」

そこまでハッスルはできません、普通に。

アレンは二人ぐらいがちょうどいいと考える派の人間だ。

「ささっ、一緒にお昼寝といきましょう♪」

「……はぁ、なんか俺の中での女の子のイメージがどんどん崩れ去っていくような感じがする」

それでも、お昼寝に興じたい気持ちは変わらず。

アレンはセリアの膝から頭を離して、そのままふかふかの枕へと頭を置いた。

そして、そのタイミングを見計らってセリアもアレンの横に寝転がる。

甘く、それでいてどこか胸をくすぐる匂いがアレンの鼻腔《びこう》を刺激した。

ドクッ、と。胸の鼓動が速まるのを感じる。

横を向けば、セリアの整った顔が眼前まで迫っており、その顔はほんのりと赤く染まっていた。

「いかがですか、可愛《かわい》い女の子の添い寝は？　今時、お金を積んでも味わえないサービスですよ？」

「はぁ……俺以外にはするなよ、もっと自分を大事にしろ」

「ご安心ください、ご主人様以外にするつもりはありませんので」

そうかよ、と。アレンは天井を向いてふと瞼《まぶた》を閉じる。

「んじゃ、夕食時になったら起こしてくれ」

「ふふっ、かしこまりました」

そう言って、アレンの意識は微睡の中へ――

「おにいさまー！！！」

――誘《いざな》われることはなかった。

「なんというベストタイミング……ッ！　重たくなった瞼が一本釣りされた気分だ！」

勢いよく開け放たれたドア、ご近所迷惑考えない大声。

昼寝に興じようとしたアレンの意識は強制的に目を覚ましてしまう。

「およ？　お邪魔だった」

「そうだな、寝るところだったからな。決してナニをするつもりじゃなかったっていうことは先んじて弁明しておく」

「セリアさんはばっちこいみたいな空気出してるような気がしなくもないけど……」

入った部屋で男女が同じベッドで寝ていればそう思うのも無理はないだろう。

だが、アレン・ウルミーラ。過去一度たりとて、メイドの少女に手を出したことはなかった。

「……んで、なんの用だよ？　聖女様と話し合いしてたんじゃねぇのか？」

アレンは瞼を擦《こす》りながらゆっくりと体を起こす。

セリアに至ってはかなり名残惜しそうにアレンの寝ていた場所を見ていた。

「あー、うん……一応さっきまで話してたんだけどー」

何か口籠り始めたアリス。

何か話が纏《まと》まらなかったのだろうか？　アレンは首を傾げた。

「教会をどこに建てるかって話なんだけど……先に言っておきます！　欲が出ちゃいました！　ごめんちゃい！」

「……ん？」

アレンの背中に何故か嫌な予感がヒシヒシと張り付いた。

脳内に「今すぐここから離れろ！」という警報が鳴り響いているような感じさえもする。

「教会は新しくできる鉱山に建てることにしました！」

そして――

「っていうわけで、教会をバックにつけたからサクッと鉱山取ってきてくれない、おにいさま？　私達は籠城戦っていう形の戦争を始めたいと思います！」

そんな爆弾を落とした。

とりあえず、その話を聞いた「爆弾お断り♡」な兄は非情にも妹との関係を切ろうとした。

「よし、兄妹の関係を切ろう我が妹よ」

「ちょ、ちょっと待ってよおにいさまー！　これには深い事情があるんだよー！　こんなにあっさり切られたら、私の愛情が一方通行になっちゃうんだよー！」

そして、関係を切られそうになった妹はどうにか留《とど》めようと足にすがりついていた。

王族としてはなんともはしたない絵面である。

「しかし、今回の戦争は籠城戦……ですか」

とりあえずあの茶番はすぐに終わるだろうからと紅茶を淹《い》れ始めるセリア。

彼女もまた、中々図太いメンタルをお持ちのようだ。

「また珍しい戦争ですね。スミノフが喜びそうです」

「こちとら、珍味も珍獣も望んじゃいねぇの！　ありふれた日常こそを望んでいるのよ分かる!?　それなのに、この妹ときたら珍百景スポットツアーに招待しやがってッッッ！！！」

「いひゃいいひゃい、おにいひゃまいひゃいー！」

こんなことを言ったところで何も解決しないというのは分かっている。

アリスが「神聖国」というワードを口にした時点で、ある程度話が固まってしまっているからだ。

これは単なる憂さ晴らしの一環である。

「まぁまぁ、落ち着いてください、ご主人様。アリス様も深いご事情というのがあるようですし」

「うぅ……セリアさんだけが優しい。今後の家庭環境が円満になるには必要不可欠な人材だよー。今のうちに『おねえさま』って呼んでもいい？」

「構いませんよ♪　そうなると、私はどなたと結婚するのでしょうかね？」

「おいコラ二人して俺を見るな俺を」

えー、結婚は人生の墓場という男の界隈《かいわい》では有名な言葉があってだなー。

とりあえず、この話が進めばややこしいことになりそうだと、アレンは渋々アリスの提案に乗っかることにした。

ゆっくりとソファーへと腰を下ろし、対面にアリスが座る。

「それで、事情ってなんだよ。山より高く谷より深い事情じゃなかったらトンズラするぞ」

「話せば短いんだけどね」

深い事情が簡潔に語られるのも珍しい。

「うちとしては、新しく見つけた鉱脈をぜひ我がものにしたいわけじゃん？」

「資源も増えるしな。産業も発展するかもしれん」

「でも、おにいさま的には遠慮したいって感じ。まぁ、戦争自体をしたくない派なんだろうけど」

「逆に戦争が好きな派がいたら見てみたい。愛ある拳を飛ばすから」

「では、スミノフを呼んできますね」

「あらヤダ身近に。パワハラで訴えられない？」

スミノフは特殊カテゴリだとして、戦争が好きな人間は他国のお偉いさんぐらいだろう。

今日を生きるのに必死な蟻《あり》さんは何事もなく余生を過ごしたいのだから。

「そこで、超絶頭のいいアリスちゃんは考えました……確かに私達《たち》は弱小国、連邦と戦ったら大損害間違いなし。だったら、神聖国を味方につければいいってね！」

神聖国が味方になれば、連邦と戦争になったところで優勢なまま進められるだろう。

どこまで協力してくれるかは分からないが、少なくとも王国単体で戦争をおっぱじめるよりかは幾分かマシだ。

「なるほど、だいぶ話が見えてきました」

セリアがソファーに座った二人に紅茶を差し出す。

「神聖国を味方につけるために鉱山に教会を建てるのですね。ここに建てさせてやるから、代わりに領土にするのを手伝え、と」

「ピンポンピンポンポン、大正解！　やっぱり、将来のお妃《きさき》さんはセリアさんで決まりぃ〜！　加えて言えば、領土にしたあとの牽制《けんせい》も含まれているけど、この時点で花丸だよ！」

「おい、その話を掘り返すな」

せっかく避けるために話に乗っかったというのに、これではどちらに転んでも振り出しに戻ってしまう。

アレンはため息を吐《つ》きながら紅茶を啜《すす》った。

「だけど、よくその話に神聖国……というより、聖女様は乗っかったな？　普通、そんな王都から離れた場所に建てても人が来ないし嫌がるだろ？」

「それはアリスちゃんの高等テクニックでなんとか。っていうより、もし鉱山がうちの領土になったら人は集まるよ？　鉱員然《しか》り、商人然り。道も整備することになって、人も自《おの》ずと集まるから神聖国としては条件に当て嵌《は》まってる。本当は王都に建てたかったんだろうけど、そこは適当に言い訳並べて断っちゃいました」

「しかし、そうだとしてもまさか首を縦に振るとは。まだ鉱山は私達の領土ではありませんよ」

神聖国の要求は王国に教会を建てさせてほしいということ。

仮に人が集まるようになっても、わざわざ戦争に首を突っ込むのはリスキーだ。

メリットの先のデメリットの方が大きい。

これだけでは、王国側のメリットしか見えないように思える。

「さぁ？　そこは正直なんとも……私も望み薄って感じで言ったんだけど、快く了承もらっちゃったからさー。むしろ、すっごい食いつきだったよ」

「ふーん……まぁ、そこからは兄上の考えることだろ」

「そうそう♪　私はあくまで国の内政、おにいさまは軍事関係だけ。外交はロイおにいさまにぶん投げるとして……」

アリスはにっこりと笑みを浮かべた。

「王国としてはこんなに美味《おい》しい話はない。鉱山をゲットできるし、その手助けも神聖国がしてくれる。建ててしまえば連邦は神聖国の教会だからおいそれと鉱山の奪取もできなくなる。つまりは、先にこっちが教会を建てちゃうことがマスト」

アレンはそんな妹の笑みを向けられてガックリと肩を落とす。

はいはい、いつものパターンですね、と。

「おにいさまの役目は先に鉱山を押さえて、教会が建つまで守りきること……分かりやすくて単純明快！　連邦が相手でも、頑張って守ってね♪」

そんなアレンに、セリアも柔和な笑みを浮かべて寄り添った。

「ふふっ、ご主人様……どうやら、今回もまた――」

「分かってるよ……戦争だろ、戦争。はぁ……ほのぼのとした平和な日常は一日で終わるって誰か先に教えてほしかったぜ」

空白地帯鉱山奪取戦Ⅱ

さて、時が過ぎるのも早いもので、あれから一ヶ月の月日が経《た》っていた。

今回の舞台は王国と連邦を繋《つな》ぐ空白地帯。

そこは生い茂る草木が並び、起伏の多い土地となっている。

王都のように整備された様子がないのは、空白地帯がそもそも滅多に人が足を踏み入れない場所だからだ。

強いて歩くとするなら、他国間を繋ぐ国境通りのみ。

ここは不可侵ということで他国との暗黙の了解が敷かれており、基本的に戦争を起こすのであればそれ以外の場所となる。

そして、今回もまたそれ以外で行われるのだが……目的は鉱山を領土として占拠すること。

戦争が行われるのであれば、険しい山の中だろう。

「……玄関開けたら、はいこんにちは戦争ちゃん」

いかにも気怠《けだる》そうというか疲弊しきっているというか。

それぐらい足取りの重いアレンはぐちぐち言いながら生い茂る草木を掻《か》き分けて登山に

勤《いそ》しんでいた。

「まぁまぁ、今回は運がよろしければ戦争になどならないのですし、前向きに考えて楽しみましょう♪　私、お弁当を作ってきました」

「おやつは三百ゴールドまでって言った覚えはないぞぅ？　なのになんでハイキング気分なんだよ、今からするのは小鳥さんの囀《さえず》りが悲鳴に変わる戦争なんだよ」

どうして毎回毎回セリアは元気でいられるのか？

それはアレンの傍《そば》にいられるという理由なのだが、鈍感ボーイのアレンは不思議に思うだけで気づかない。

「大将、そんな辛気臭ぇ顔なんかしてたら幸せが飛んでしまうぜ？」

ニコニコ笑顔なスミノフが後ろから声をかける。

鼻歌でも歌ってしまいそうな様子を見て、大きく溜《た》め息《いき》を吐いた。どうして同じ人間なのにこうも差が出るのか、と。

「それよりさ、ちょっと聞きたいことがあるんだけどどいい？」

アレンは隣を歩くセリアに尋ねる。

「スリーサイズでしたら、直接測って確かめますか？」

「元令嬢がそんなことを言うんじゃありません、本気で確かめたくなっちゃうでしょ⁉　こっちは飢えた狼《おおかみ》さんなんだから鬱憤が溜まる場所でその発言はしちゃいけません！」

ただでさえ野郎共しか集まらない場所なのだ。

一輪の花にそのようなことを言われてしまえばナニが限界を迎えてしまう。

「そうじゃなくてさ――」

チラリと、アレンは背後を見る。

そこには、白銀の甲冑《かっちゅう》に覆われた一人の少年と、修道服を着た少女が楽しげな会話を繰り広げていた。

『ふふっ、やはり初めての場所を歩くというのはワクワクしますね！』

『ですねっ、聖女様！　僕もこういう場所に来るのは初めてなのでちょっとワクワクしてます！』

緊張感の欠片《かけら》もない会話。

今すぐにでも戦争が起こりそうな場所ではお調子者のアレン以外にこんな発言が出てくることは滅多にない。

いや、問題はそこではなく――

「……なんでさ、聖女様がここにいるわけ？　おかしいでしょ？　おかしくなぁい？」

そう、後ろで話しているこの少女こそ神聖国の象徴……聖女のソフィアである。

横にいるのは、はぐれてしまってようやく兵士のおかげで合流できた聖女の護衛である聖騎士。

どうして護《まも》るべき人間であり、戦争に一番連れて行ってはいけない聖女がここにいるのか？

「仕方ねぇだろ、大将。教会を建てる際には聖女の証《あかし》を刻む必要があるらしいんだからよ」

神聖国が教会を建てる際、女神の御使《おつか》いである聖女が証を刻む必要がある。

それは女神と繋ぐため、女神の寵愛《ちょうあい》を向けてもらうためなど諸説あるが、この過程は今まで全てに行われてきたらしい。

故に、今回も聖女が参加するのは必然であった。そもそも戦場になりかねない場所に教会を建てることが異例なので戦争に来てしまうのは仕方なくもある。

「おーけー、分かった。百億歩譲ってそれは認めよう」

「認める気、ほぼありませんね」

「では、次はどう説明する……何故《なぜ》、神聖国から参加してくれる人間が護衛の聖騎士だけなのかとッッッ！！！」

今回のメンバーは以下の通り。

・第二王子

・メイド

・王国兵士（スミノフ含む）千名
・聖女
・聖騎士一名

並べれば分かるだろうが、神聖国から護衛として来たのはたった一名だ。

その一名も、聖女の護衛が主な目的となるために戦争への参加はしない。

「おかしくない？　これこそおかしくない!?　これから戦争をするっていうのに、結局働く兵隊さんは俺達《たち》だけじゃん!?　しかもさぁ、教会建てるって言ってんのに大工はどこに行ったの!?　あれか？　積み木で頑張った結果を「教会ですぅ！」って言い張れってか!?」

「元大工であれば、王国兵の中に何人かいますよ？　今回はその方々がメインとなって建築するそうです」

「あぁ、そういえばうちにいたぜ」

「引退した奴《やつ》を働かせんなよプロを呼べよ可哀想だろ！」

「設計図なら神聖国からいただきました」

「なら完璧だな」

「そういう問題じゃないんだなぁ、これがあぁぁぁぁぁぁぁぁぁぁぁぁぁぁああっ！！！」

アレンの雄叫《おたけ》びが響き渡る。

それは切実な悲しさから生まれたものであり、残念なことに誰もその涙を拭ってあげることのできないものだった。

しかし、ここに一人。

心優しい少女がいることをお忘れなきよう――

「アレン様っ、大丈夫ですか？　もしお疲れのようでしたら頭をなでなでしてあげましょうか？」

「……ねぇ、やっぱりこんな子を戦争に行かせたらダメだって。絶対にこの笑顔を損なわせちゃいけないやつだって」

「でしたら、私達が頑張って国宝を護ってあげないといけませんね」

「アレン様、今回はどうぞよろしくお願いしますっ！」

そう言って、ソフィアはアレンに向けて笑みを浮かべる。

ウィンプルから覗《のぞ》く金髪が小さく揺れ、小鳥の囀りが聞こえてくる森の中に可愛《かわい》らしい声が響き渡った。

愛嬌《あいきょう》可愛さ愛くるしさ満点。戦場に不釣り合いな因子を見て、思わずアレンは目を覆う。

「眩《まぶ》しいッ！　この優しさとピュアに彩られた笑顔が宝石のように眩しいッ！」

「こ、これは……ショーケースに飾って大事にしないといけない笑顔ですね」

同性であるセリアでさえ、ソフィアの笑顔を見てゴクリと息を呑《の》んだ。

誰だよ、こんな「争いなんてこの世にありません」って言いそうな人を戦場に連れてきたのは、と。アレンは本気で愚痴を零《こぼ》してしまう。

――この笑顔を見れば分かると思うが、聖女に直接的な戦闘力はない。

いくらセリアと同じように超がつくほどの美少女でも、彼女の本分は人を助けること。

本来傷つけるだけの惨《むご》たらしい戦場とは無縁の存在だ。

それに、聖女は神聖国の象徴的存在。

もし万が一のことでもあればッッッ！！！

「やべぇよ……この前のリゼ様よりやべぇよ。ダイヤモンドに傷一つでもつけたらそれこそ神聖国と笑いながら戦争じゃんかよぉ」

「ふぇっ？　なんのお話でしょうか？」

「……今度俺と一緒に大事な危機感についてお勉強しましょうね。講師には隣にいる美少女と反面教師のマッチョをお呼びするので」

キョトンと首を傾《かし》げるソフィア。

それが異様に可愛すぎるのだから、アレンは思わず目に涙である。

「心配ご無用ですよ、英雄様！　聖女様は僕がしっかりとお守りしますので！」

そう言って、若い聖騎士の人間がずいっと前へ出た。

「申し遅れました、聖女様の護衛をしております、聖騎士のザックです！　今回はよろしくお願いします！」

「よし、ザック。必ず聖女様をお守りしろ、そして最前戦で働け、傷ついても頑張るんだ。俺らは後ろで垂れ幕と旗を掲げて応援しているから」

『そうだ、お前は頑張れ！』

『誰よりも前に出て戦うんだ！』

『臆するな、お前ならできる！　諦めそうになっても立ち上がれ！』

「稀《まれ》に見るスパルタな職場でメイドは驚きです」

「こいつらが俺に敵を持ってくるからありがたいぜ」

可愛さがないだけでかなり対応が違うようだ。

それもそうだろう、ここにいる王国兵は女を守るためなら身を盾にするほどの男の中の男だが、野郎であれば喜んで肉の盾にしてみせるクズばかりなのだから。

「はいっ！　皆様のお力になれるよう頑張ります！」

そして、そんな「俺らの代わりに戦え」という無情を理解していないのか、ザックは拳を握って気合いを入れた。

この子も中々ソフィアと同じく純真無垢《むく》を体現したような人間であった。

「ザックは凄《すご》いんですよ！　私とそんなに歳《とし》も変わらないのに、聖騎士になったんですから！」

「へぇー、ってことは俺達よりちょっと下か。それは凄いな」

聖騎士は聖女を守るためだけに与えられた職だ。

象徴的存在の護衛という名誉ありのその職に就くのはかなり難しく、選《よ》りすぐりの人間しかその場に立てないという。

それぐらいの知識は有しているアレンは、素直に感心した。

「いえいえ、僕なんて英雄様ほどじゃ……神聖国にも、英雄様の素晴らしさはよく届いております！」

「君はとてもいい眼《め》をしているね。これからもその眼を大事にするんだよ」

「戦争から逃げることしか考えていないお方だと見抜けない時点でその眼も節穴だと思いますが」

アレン、素晴らしいと褒められて鼻が高くなる。

「私も、アレン様のお噂《うわさ》はよく耳にしていましたっ！」

そこに、負けじとアレンのアピールをしたいソフィアが顔が当たるぐらいまで近寄った。

「王子の身でありながら誰よりも前に出て戦い、民を救ってきた英雄なのだと！　心優しくて、気高くて、民からの信頼も厚いお方なのだと！　わ、私も……その、直接会ってみて素晴らしい男性だというのは分かりました」

えへへっ、と。恥ずかしそうに口にするソフィア。

そんな姿を見て、アレンは嬉《うれ》しいというよりも――

「……どうしてこんないい子がいるのに世界では争いごとが絶えないんだろうね？」

「スミノフみたいな男がいるからではないでしょうか？」

「姫さん、いきなり俺に八つ当たりですかい」

セリアがスミノフに親指を向ける。

確かに、戦闘狂がたくさん集まれば争いは日常茶飯事ほどになるだろう。

「今回は英雄様のお背中を見て勉強させてもらいます！　もちろん、目的は忘れずに！」

「よぉーし、よく言ったザック！　近年稀に見る頑張り屋さんに会えてお兄さんは嬉しいぞ！」

弟ができたらこのような気分になるのだろうか？

アレンは思わず憂鬱な戦場にもかかわらず気持ちが上がっていくのを感じる。

「そんな頑張り屋さんのためだ、ちょっと世間で絶賛活躍中のお兄さんの凄さを視聴者限定でお見せしてやろうじゃないか！」

「おぉ！　楽しみっす！」

「ちょ、ちょっとご主人様っ？」

何やら変な予感がしたセリアはアレンを制しようとする。

だが、気分がよくなったアレンがその制止を聞き入れるわけもなく――

「『英雄の軌跡《セリス・ヘイロース》を青く雷で照らせ』！」

アレンが手をかざした先に二本の光の柱が生まれる。

雷でできた柱は天まで昇り、周囲の木々や地面を抉《えぐ》って森の先へと進んでいった。

その光景は正に圧巻。

この魔術が自分に向けられたらと考えただけでゾッとするが、こうして傍《そば》で見ているとどこか幻想的なようにも見えた。

王国兵も、ソフィアもザックも、セリアでさえ思わず呆《ほう》けてしまう。

「はっはっはー！　どうかね、俺の魔術は!?　これがメディアに引っ張りだこのマジックだ歓声上げるなら今だぞ、さんはいっ！！！」

だからか――

『おい、敵襲か!?』

『あそこに王国兵がいるぞ!?』

『くそっ、どうしてこっちが分かったんだ!?』

――見晴らしのよくなった景色の先にいた連邦兵の姿を見てあんぐりと口を開けてしまったのは。

「……ご主人様」

「……すまん、本当にすまん」

さぁ、意図したわけではないが楽しい楽しい戦争の始まりだ。

今回の戦争、第一幕はだいぶ呆気《あっけ》なく……それでいて、馬鹿らしく開幕した。

『ふざけんじゃねぇぞ、大将！』

『鼻の下を伸ばすなら他所《よそ》でやれ！』

『自慢で戦争なんかしたら戦う俺らが馬鹿らしくなる！』

「すまん！　こればっかりは本当にすまんッッッ！！！」

誰かさんの魔術のせいで開けてしまった大地で、王国兵と連邦軍が衝突する。

ガキン、という甲高い金属音が辺りに鳴り響き、雄叫びに似た怒号が鼓膜を揺さぶった。

「さっすが、大将だぜ！　何もないところから戦争を持ってきてくれやがる！」

「俺が火種だけどやめて、そんなに喜ばないで！　後ろにいる兵士達の視線がさっきから痛いの！」

スミノフが我先にと突貫し、大剣を振り回す。

それは味方をも寄せ付けないほどのテリトリーを構築し、圧巻という言葉をしっかりと体現していた。

「セリア！　ダイヤモンドが傷つかないように丁重にお守りしろ！　ついでにむさ苦しい野郎が夢に出てこないよう耳と目を熱い抱擁で隠してやれ！」

「尻拭いから始まる戦争というのも珍しいですね。承りました、ご主人様」

「わわっ、どうしていきなり抱き着くのですか？」

比較的近くにいたセリアがソフィアを優しく抱き締める。

いきなり抱き着かれたソフィアは首を傾げるが、悠長に答えてあげるほど戦場は暇ではなかった。

視界と耳を塞いでいるのは、血塗《ちまみ》れの光景が広がりそうな戦場を見せたくないからだろう。

見せてもいいものか。いずれは見せなければならないが、今は考えている余裕はなかった。

「さぁ、英雄の背中に憧れている若人よ！　学ぶんだったら頑張って拳を握って前に出ようじゃないか！　輝かしい未来がそこで待っている！」

「ですが、僕は聖女様の護衛――」

「気にするな！　セリアは怒らせたら怖い魔術師だ！　堪忍袋の緒さえ気をつけてりゃ聖

女様をしっかりと守ってくれるだろうよ！」

「分かりました！　でしたら頑張りますよ、英雄様！」

そう言って、護衛を任せたザックは抜刀して最前線に向かう。

ちなみに、アレンは己の不始末を挽回《ばんかい》するために珍しく自ら最前線へと赴いている。

拳を握り、帯電した体で殴る蹴るで叩《たた》き込んでいく。

触れるだけで地面へ倒れていくのだから、アレンの魔術は本当に強力なものだ。

なお、他の兵士達《たち》とは違って剣を使わないので戦争が終わったあとの絵面にも気遣える。

「凄いっす、英雄様！　さっきのやつも惚《ほ》れ惚《ぼ》れしました！」

「やめてっ！　こんな戦場で恥を誇張しないでお願い！」

惚れ惚れした結果が今の戦争なのだから、目も当てられない。

しかし、そんな阿呆《あほう》な英雄を見て目を輝かせるザックは構わず剣を振りまくった。

流石《さすが》は若くして聖女の護衛に就いた男だ。王国兵よりも凄い速さで敵を斬り伏せていく。

一人だけでは大した戦力にはならない……そう思っていたが、アレンはザックの姿を見て考えを改めた。

倍以上の戦力を相手にしても、聖騎士がいれば楽に戦える、と。

「それにしても、おかしな話ですね」

「何が!?　王子が戦争に参加するっていう部分なら声を大にして同意するけど!?」

「どうして連邦軍がここにいるのか、ということですよ英雄様。僕達はまだ王国を出てからあまり時間が経《た》っていません」

言われてみればそうだ。

空白地帯は誰が歩いても領土侵犯にはならないとはいえ、あまりにも王国から近すぎる。

連邦軍の数は見た限りざっと二千人。

それほどの軍隊を王国付近で展開させていたのは違和感がありすぎる。

「こっちの目的を勘づかれたか!?」

「いえ、そういうわけでは――」

その時だった。

バシュ、と。

乾いた音が戦場に響き渡る。

そして、ザックの腕が跡形もなく吹き飛んだ。

「ッッッ!?」

傍にいたアレンは吹き飛ばされた腕を見て声にならない驚きの声を上げる。

すぐさま視線を移す。連邦軍の奥深く――そこに、筒のような物体をこちらに向けている兵士がいるのが分かった。

「連邦の最新兵器……ッ!」

アレンはすぐさま腕を振るった。

手から伸びる雷撃の一閃《いっせん》は戦場を横薙《よこな》ぎにし、直線上にいた兵士や最新兵器すらも一瞬で潰す。

そのあと、アレンは腕が吹き飛ばされたザックに駆け寄った。

「大丈夫か、ザック!?」

「あ、はい大丈夫なのでさっさと次に行きましょうか」

「軽い!?　腕がピンポン玉みたいに飛ばされたのに反応が軽い！」

痛みなどないのだろうか？　人体の一部を失ったにもかかわらず、ザックの反応は淡白なものだった。

「あ、いえ。本当に大丈夫ですから」

だって、と。

ザックは体に力を入れる。

すると、彼方《かなた》に飛んでいった腕が物凄い勢いで戻ってきて……ザックの肩へとくっついた。

「……へっ？」

「聖騎士は直接聖女様からの恩恵を賜っていますから。僕達は聖女様が生きている限り死ぬことが許されないのです」

あまりの衝撃的な光景にアレンだけでなく、王国兵や連邦軍ですら口をあんぐり開けて放心してしまう。

それもそのはずだ、何せ「人体ってそういう風にできてたっけ？」と思ってしまうような一幕だったのだから。

「そ、それって大丈夫なの……？　俺を安心させるためだけに取っておきの手品を披露してくれたとか……」

「いえ、普通に動かせますよ？　ほら」

そう言って、ザックは腕を振ったり手を握ったりしてみせる。

どうやら本当に問題なくくっついているようだ。

「さぁ、早くこの戦争を終わらせてしまいましょう英雄様！　聖女様が安心できるような環境にするためには余計なギャラリーを減らさないといけないですからね！」

「……ゾンビよりタチ悪いんじゃねぇの、これ？　もうちょっとこう……絵面とか設定とかをマイルドにしてくれなきゃ、視聴者がついていけないよ」

「大将……」

「なんだ、スミノフ？　これがあれば限界突破で戦えるぜやったね！　とか言わねぇよな……？」

「いや……流石の俺でも、その……」

「……そっか」

この時、アレンは理解した。

どうして平和主義の神聖国が他国をも退ける大国となり得たのか？

――そりゃ、強くて死なないお侍さんが襲ってきたら勝てないよね、と。

「……よ、よーし、お前達！　玩具《おもちゃ》持って遊びに来た道化師《ピエロ》から死ぬ気で可愛《かわい》い美少女様をお守りするぞー！」

『『『『お、おー！！！！』』』』

こんな連中と戦争なんかごめんだ。

鉱山なんてどうでもいいから聖女を傷つけて神聖国から怒られないことだけを考えなければ。

（美少女殺さないと勝てねぇ戦争なんかやってられっかッッッ！！！）

兵士達のやる気が不本意ながらも一段と上がってしまった。

◆◆◆

「さっきの話に戻りますけど、連邦軍があそこにいた理由って我々の目的がバレてしまっていたわけじゃないと思うんですよね」

連邦軍との戦争が終わり、再び鉱山へと向かう道中にザックが言いかけていた言葉を再開した。

「と、言いますと？」

「もし、こっちの情報が漏れていたのであれば連邦も鉱山を押さえようとするはずです。わざわざ垂れ幕掲げてお出迎えする必要ないじゃないですか？　連邦も新しい技術開発のために鉱山はほしいわけですし」

言われてみればその通りだ。

こちらの目的が漏れており、最終目的地が鉱山なのだと分かっていれば、そこを押さえてしまえば鉱山も手に入るしすれ違って出遅れるなんていうリスクもなくなる。

「ですが、本隊だけ残してこちらの様子を窺《うかが》いに来たという場合も……」

「それはないんじゃねぇか、姫さん？」

「あぁ、そうじゃなかったら二千もの兵士を投入していた理由が分からなくなる。斥候するだけなら十人かそこらだけでいいわけだしな」

「となってくると、なおさら理由が分からなくなりますね」

セリアが唸《うな》る。

頭を悩ませたところで、答えが分かるわけもない。

何せ事前情報が何もない状況下で起こった事実の経緯を探ろうとしても選択肢が無数に

あるのだから。

「まぁ、今は別に考えなくてもいいだろ。答えが知りたきゃ帰って兄上に丸投げすりゃいい。俺らが考えるなんてお門違いもいいところだしっかり仕事してるのにッッッ！！！」

「仕事を増やしたのはご主人様ですけどね」

「もう過ぎたことじゃんネチネチ言うのやめようぜ、後悔先に立たずって素晴らしいことわざがあるじゃないかっ☆」

わいわいがやがや。

そんなやり取りをしながらも、着実にアレン達は鉱山へと向かって行く。

ただ――

「あぅ……ハイキングというのは大変なんですね」

ザックの横を歩くソフィアが疲れたような発言をする。

戦闘からほど遠い場所で生活してきた華奢《きゃしゃ》な女の子からしてみれば登山など皆のペースについて行けるわけもない。

リゼの時は馬車があった。だが、山道で整備すらされていない場所に行くのであれば馬車は足枷《あしかせ》以上に邪魔になる。

そう思い置いてきたのだが、どうしたもんかとアレンは頭を悩ませる。

「僕がおぶってもいいんですけど、護衛は常に聖女様を守れる状態にしておかなければいけないんですよね」

「確かにな……ってなると――――」

アレンはチラリと背後を見る。

『美少女のおんぶなら俺に任せろ！』

『いやいや、ここは『運び屋のジョニー』である俺に任せるべきだ！』

『何を言っている!?　ここは『安心安全快適な旅を！』をキャッチコピーにしている俺が適任のはずだ！』

敬愛すべき馬鹿共が我こそはと声を上げ始める。

どうやら、彼らは美少女のおんぶというご褒美を我が物にしたいみたいだ。

「よし、後ろの馬鹿共はやめておこう。ここぞとばかりに胸の感触を味わおうとする人間にダイヤモンドの運搬は任せられない」

「責任問題になればご主人様の首が真っ先に飛びますからね」

「スミノフは――――」

「戦いになったら捨てるぜ？」

「やめろ、あほんだら。宝石を手放すとかお金持ちかよ。しかし、となると責任を一身に受けなければいけない俺が適任か……」

アレンが真剣に悩み始める。

女の子の胸の感触ともなれば真っ先に食いつきそうなものなのに珍しい反応だ。

「どうされたんですか？　いつもなら『し、仕方ねぇーな！　俺がおぶってやんよぐへへ』などと言って聖女様をおぶろうとするはずですのに」

「そうした発言をしたあとに、君は俺の関節をいじめるだろう？」

「はい、徹底的に」

「俺だって学習するのだ。欲に身を任せようと発言をしたあとに訪れる未来が決して幸ばかりではないのだと」

戦場で関節を痛めつけられてしまえば今後の戦争に影響する。

一時の幸より命を優先するべきなのは学ばずとも理解できるはずなのだが、アレンもまた敬愛すべき馬鹿なのであることをお忘れなきよう。

「ご、ご迷惑なのであれば全然大丈夫ですからねっ!?　皆様に迷惑をかけようなどと思っているわけではなくて……そ、そのっ！　私、まだ歩けますすよ！」

「……なぁ、絶対に下心を持たねぇから俺がおぶってもいいか？　無理させてまで歩かせたら俺の良心がガラスのように割れちまうよ」

「私がおぶうには少々心許《こころもと》ないですし、今回ばかりは仕方ありませんね」

アレンは相棒からの許可をもらうと、そのままソフィアの前でしゃがむ。

「では、聖女様」

「いえっ、ご迷惑をおかけするわけには――」

「いいんですよ、美少女に歩け歩け大会をさせる方が気持ち的に辛《つら》いので。休憩するにはまだ早いですし、俺も女の子一人おぶうぐらいどうってことないです」

ソフィアは逡巡《しゅんじゅん》する。

迷惑をかけることに抵抗を覚えているのだろう。

しかし、それでも辛いのは本当のようで、おずおずといった様子でアレンの背中に体を寄せていった。

「よっこいせ」

「お、重くはありませんか!?」

「いえ、そんなことは。美少女は決まって軽いものなんだと学びましたよ」

重いというよりかは、どちらかといえば背中から伝わるふくよかな感触の方が困る。

鼻の下が伸びてしまおうものなら関節の可動域が増えてしまう羽目に。辛いと言えば、むさ苦しい野郎しかいない状況で溜《た》まってしまった煩悩が解放されないよう我慢することだろう。

「こ、これは新手の拷問だじぇ……ッ！」

「はいはい、馬鹿なことを言っていないで先へ進みましょうね。敬愛すべき馬鹿共は後ろのギャラリーだけで充分ですので」

空白地帯にある鉱山まではそれほど遠くはない。

ペースを速めれば半日で着ける距離にあり、アレン達《たち》は戦争というアクシデントこそあったものの、日が暮れる前には鉱山がある山の麓へ辿《たど》り着いていた。

ここで「さぁ、木材集めてさっさと登ろう」という発言を誰かがした矢先。

目的地を確認しようと物陰から覗《のぞ》いたアレン達は、それぞれ固まってしまっていた。

何せ――

「おいおい、マジでどうなってやがる!?」

「これは……聞いていた話と違いますね」

「違うどころの話じゃねぇだろ、前提が違いすぎるだろうが!?」

鉱山がある山の頂上。

下からでも分かる開けた場所に、十字架のシンボルを掲げた建物が一つ建っていた。

「どうしてもう教会が建ってんだよ!?　これじゃ俺らが攻め落とす側に回っちまうだろうがッッッ！！！」

◆◆◆

――レティア国、皇宮殿。

その中で、帝国の第一皇女であるリゼは引き攣《つ》った頬を戻すのに苦労していた。

「ほれほれ、もうちょっと体を寄せんか」

リゼの体にピタリと張り付く女性。

淡い水色の髪が特徴的で、若々しい容姿とは裏腹な年老いた口調。

レティア国、王妃――エレミス・レティア。女性主権の国であるレティア国を牛耳っているトップその人だ。

「……別に私は自分の体に固執しているわけじゃないけど、これは違うって断言できるのが恐ろしいわね」

過度なスキンシップに、リゼの疲労はピークだ。

戦争が終わって危機的状況から逃れたというのに、女性としての危機感がぶり返してきたように感じる。

女好きだという話は聞いていたが、いざ実際に目の前で相対するとどうしても寒気が止まらない。

てめぇ、旦那がいるだろうが、という言葉を口にしないだけリゼの理性は踏みとどまれているのだろう。

「おや、あまり反応がよくないのぉ。妾《わらわ》はそれなりに容姿が整っている方だと思うのじゃが……もちろん、リゼ嬢の方が可愛いがの！」

「可能であれば殿方と余生を過ごしたいと思うタイプだからだと思うわよ、私の頬が引き攣ったまま戻らないのは」

「うむ……まぁ、否定はせんが。じゃなければ野郎と契りを交わそうとは思わん」

仕方ない、と。エレミスは名残惜しいオーラをプンプンに醸し出しながら対面のソファーへと移動した。

それでようやくリゼの引き攣った頬が戻る。

「それに、私はもう心に決めた人がいるもの」

「ほぉ？　これまた意外じゃな。かの帝国の皇女を落とした野郎がいるとは」

「手を結んでくれたあなただから言ったのよ？　何せ、さっき獲《と》れた新鮮すぎる情報でまだ誰にも言ったことがないんだから」

「利己的で打算的な皇女が言うセリフではないのぉ。ここに来るまでの道中に何かあったな？」

英雄の背中を見ただけよ、と。

リゼは肩を竦《すく》めておどけてみせた。

「とはいえ、よくもそっちの継承争いにうちを巻き込んでくれたな、リゼ嬢よ。うちはお前さんら帝国や魔法国家のように大国ではない。コツコツ塵《ちり》を積もらせていくよりマグロの一本釣りでも狙った方が早かろうに」

「それは考え方次第よ。拮抗《きっこう》している相手の手を借りたらその影響でひっくり返されるかもしれないでしょ？　博打《ばくち》って、勝率の高いゲームをし続けた方が儲《もう》かるってよく言うじゃない」

「なるほどのぉ、妾らが手のひらを返しても大した痛手にはならんってことか。舐《な》められたもんじゃな……と、言いたいところじゃが、こちらにもメリットは充分にあった。甘んじて自慢を受け取ってやるわい」

無論、国のトップに座るエレミスが理解していないわけがない。

ここに至るまでにそれを理解して首を縦に振ったからこそ、このように腹を割った話ができているのだろう。

「そういえば、最近は神聖国で面白い話があったわね」

リゼが何かを思い出したタイミングで、部屋にいたメイドが二人の前に紅茶を差し出す。

「あぁ、そういえばそんな話もあったのぉ……確か教皇戦、じゃったか？」

「教皇が定年を迎えて、その座を降りる時が近づいた。通常は予《あらかじ》め候補が決められていたけど、今回は何故《なぜ》か二人も候補者が現れた。今は女神のお膝元でどこよりも清くてドロドロしたレースの真っ最中」

神聖国は宗教で作られた大国だ。

そこに貴族やら首領がいるわけでもなく、国を動かしているのは教会。

そして、そのトップである教皇こそが国を率いる長となり得る。

どこも内々の争いってあるものね、と。

リゼは差し出された紅茶を啜《すす》った。

そう考えると、内部争いがないレティア国や王国が羨ましい。

「よく知っておるのぉ……妾らは神聖国と隣接しておるから情報を仕入れておったが、お主らは離れておるじゃろ？　それに、神聖国は周辺国はおろか信徒にも教皇戦の事実を隠しておる。妾らとて、情報を手に入れるには苦労したというのに」

「一応敵対国家だもの、仕入れるべき情報は仕入れておくわ。それに、考えようによっては利用できるかもしれないわけだし」

「勝ち馬に乗れば恩義を得られる。得てしまえば継承争いで第一皇子派が有利になる、か……面倒くさいのぉ、お前さんら帝国も」

とはいえ、レティア国にとっても神聖国の話は他人事《ひとごと》ではない。

レティア国が隣接している大国は魔法国家と神聖国。その一つが内々で大きく変わるのだというのだから、影響があるかもしれないと警戒するのも当たり前の話だ。

「それで、あなた達はどうするの？」

「妾としては傍観じゃよ。お前さん達の時とは違って利益になり得るものがないからの。

優雅に茶菓子でも食いながらレースの着順予想で盛り上がっておくわい」

逆に、と。

エレミスはどこか探るようにリゼに尋ねる。

「お前さんらはどっちの肩を持つんじゃ？」

「私達……といっても、第一皇子としては今のところは同じく傍観ね。戦局が分からないから、ベットするにはリスクが高すぎるもの」

「それもそうか」

言いたい理由がよく分かるからか、エレミスは同じく紅茶を啜って話を終わらせた。

しかし――

(私としても傍観に徹したいところではあるわ……)

ふと、リゼの脳裏に想《おも》いを寄せている青年の姿が思い浮かんだ。

(もし、アレンが選んでいるとしたらそっちに乗っかってあげたい気持ちもあるのよね。まぁ、王国側が教皇戦のことを知っているとは思えないけど)

思えないだけであって、世の中それだけで済まないのは知っている。

だから、リゼの胸の内に少しだけ不安が湧き上がった。

(……巻き込まれていないといいんだけど)

◆◆◆

「おい、正直に答えろ。神聖国の聖女――」

一方で、そんな不安の先に立つ男は修道服を纏《まと》っている少女に向けてこう言い放っていた。

「てめぇらがこのことを知らないわけがねぇよな？」

その時、聖女と呼ばれる少女の顔には罪悪感という色がありありと浮かんでいた。

今考えれば、違和感など初めからあったのだ。

何故、王国の領土ですらない鉱山に教会を建てるという話に神聖国側は承諾をしたのか？

無論、新しい鉱脈ともなれば産業も発展し、鉱員や商人を始めとした人間が溢《あふ》れて活気が出るだろう。

人が多くなれば信徒も増え、教会に足を運んでくれる人間も同じように増えていく。

神聖国の主体は宗教だ。自国だけに限らず、信徒を増やせるのであればそれに乗っかるのもありだろう。

けど、それは果たして戦争が始まろうとしている場所に建てるほどだろうか？

平和主義の神聖国がその選択をしてまで信徒を増やそうと考えるとも思えない。

しかし、そこに別の目的があれば？

たとえば、邪魔な教会があるから王国に潰してもらおう、とか――

「吐けよ、神聖国。場合によっちゃ、ここで回れ右して別のダンスホールに戻ってもいいんだぞ!?」

このことをソフィア達が知らないとは思えない。

いや、知っている前提の方が今までの違和感を払拭できてしまう。

何より、目の前にいる聖女の表情が苦しくも申し訳ない色に染まっている時点でどの答えが正解なのか目に見えている。

アレンが求めているのは答え合わせではなく、その答えに至った理由。

なんのために王国の提案した話に乗っかり、どうして教会を潰してほしいのかを知りたい。

いや、知らなければ目の前の少女にすらいつものように拳を向けなくてはならなくなる。

リゼの時とは状況が違う。

彼女の場合は全ての情報がオープンになった状態で乗っかった話だ。

ここでの状況とどれだけの差異があるかは言わなくてもいいだろう。

「ま、待ってくださいっ！」

問い詰めるアレンの間に、ザックが割って入った。

「聖女様が悪いわけではないんです！　これには深い事情が……ッ！」

「そういう問答はやめようぜ、ザック。こっちだって利益を求めて提案して、お前らがそれに乗っかった。別に裏切った裏切られたの話じゃなくて、これは切るか切らないかの話だ」

アレン達《たち》のメリットは連邦よりも先に手を打ち、鉱山を手に入れつつ神聖国にバックについてもらうこと。

前提は『先手』という部分なのだ。これが瓦解してしまえば、そもそも神聖国の聖騎士一人の助力だけで攻めようなどとは思わない。

だから、アレンはソフィアを責めているわけではなく、前提が崩れてしまった以上自分達が継続する理由があるか否か。

「俺達はここでお前達を置いて遠足から戻っても無駄に弁当を消費したってだけで済む。ここでハチミツほしさに蜂の巣に突貫したら犠牲が多く出るのは間違いなく王国だ」

「そ、それは……」

「俺達がやろうとしているのは正義か悪かなんて存在しない利益ほしさの戦争だ。おたくらだって、利益があったからこそ黙秘してたんだろ？　いいんだよ、美少女を責める性癖なんかないから」

ただ見捨てるだけだから、と。

アレンは冷たく二人に言い放った。

（珍しいですね、ご主人様にしては……）

そのやり取りを王国兵と共に黙って傍観しているセリアは意外だと思った。

アレンは王国の利益より情を優先して動くタイプの人間だ。

だからこそ以前魔法国家と帝国が手を結んだと分かっていても、迷うことなくリゼを助けてみせた。

故に、今のやり取りには違和感が残ってしまう。

もしかして、と。

長い付き合いのセリアはふと何かを思いついた——

「いいです、ザック」

「聖女様……」

「お話しします……私達は今、教皇戦の真っ只中《まただなか》なんです」

真っ直《す》ぐ目を向けるアレンに、ソフィアは同じように真っ直ぐ見つめ返す。

「あそこに建っているのは候補者の一人が自身の派閥によって建てた教会です。私達は、その教会を王国を使って潰すようもう一方の候補者から承りました」

「また派閥争いか……どうして身内の喧嘩《けんか》にご近所を巻き込むかね」

「も、申し訳ございません……」

ソフィアが口にする。

それでも、アレンはため息を隠しきることができなかった。

「んで、どうしてその候補者はあんなところに教会を建てた？　注文住宅にしては神聖国から距離が離れているだろ？」

「王国側と同じ理由です。あそこに新しい鉱脈があるからですが、それにしても隣接しているわけでもない空白地帯の鉱山を狙った理由は分かりません。しかし、あそこに建てられた以上、他の場所に教会を建てるよりかは信徒を獲得しやすいのは間違いありません」

だから潰してしまおう。

宗教という枠組みの中で最も実績を残せた人間こそが次期教皇になれるのだから、誰かに先を越されるのは我慢ならない。

そういった話。

……それだけで済めば、心優しい少女は他人を騙そうとは思わない。

「本当に？」

「ッ!?」

「本当に、君は今回の戦争に対して利権だけで動いたのか？」

アレンの真っ直ぐな瞳がソフィアの瞳を穿《うが》つ。

それがソフィアの心を揺さぶったのか、用意していた言葉が中々紡げない。

「多分、今の情報は本当なんだろうさ。神聖国内での教皇戦も、あそこに教会が建ってる理由も。でも、そこが真意じゃないはずだ。蹴落としたい？　教皇戦に勝ちたい？　違うだろ——君はそんなことで人を騙《だま》そうなんて思わないはずだ」

騙そうなんて考えるな……今ここで語るのは、腹を割った互いの事情だ。

逃がさない、そんなものがアレンから放たれる。

そして——

「ご、ごめんなさい……教皇戦は、本当です……あそこにあるのも、私の支持していない候補者の教会です。けど、本当は……」

心優しい少女は堪《こら》え切れず、瞳に涙を浮かべた。

「妹が、あの教会で……誘拐、されているので、助けたくて……」

——ソフィアという少女の家は、代々聖女を輩出してきた家系だ。

聖女の数に制限はない。

希少というだけで、女神とコンタクトが取れる者であれば寵愛《ちょうあい》を受け、聖女となり得る。

ソフィアと、その妹は珍しく聖女となった。

聖女は教会を建てるための証《あかし》を刻むことができる。

そうでなければそれは教会を模しただただの建物にすぎない。

だから、教会を建てるなら聖女に証を刻んでもらわないといけないのだが、ソフィアもソフィアの妹も派閥が違った。

だったら、誘拐してでも刻んでもらおう。

多く貢献して教皇になれば、誘拐したという事実さえ些事《さじ》でしかない。

たとえ影響力の大きい聖女であっても、神聖国をまとめるのは教皇なのだから。

「なるほどなぁ……これで合点がいった。てめぇら神聖国から来た人間が二人しかいないのも、あくまで私用だから。大工がいないのはそもそも建てる気がなかったから」

「……その、通りです」

「んで、二人じゃ心許《こころもと》ないから王国を利用して妹を奪ってやればいい。優しい心を持ってんのにえげつねぇこと考えるな」

頭を掻《か》くアレンに、ソフィアはグッと瞳に浮かんだ涙を堪える。

利用していたのは事実、ここで泣き喚《わめ》いてしまうのもお門違い。

これは誰が悪いとかではなく、犯人探しをするまでもないサスペンスみたいなもの。

全ては自分のせいで、全ては自分の都合に王国やザックを巻き込んでしまっただけ。

——ここで見捨てられても仕方ない。

「ごめん、なさい……私達は、ここで退きます。この件の罰も、全て受け入れます……」

精一杯の謝罪をしたソフィアはアレンが次に紡ぐ言葉を震えながらもジッと待った。

だが、ふと頭の上に温かい感触が乗る。

上を向けば、アレンが優しい表情を浮かべながら自分の頭の上に手を置いていた。

「言う言葉が違うんじゃねぇの？」

「えっ……？」

「変に頭なんか回さなくてもさ、困ってたら素直にこう言ってくれりゃよかったんだ――」

そして、アレンは安心させるような笑顔を見せた。

「助けてください、って。そう言ったら俺達は喜んで拳を握るさ。何せ、俺らは利益よりも情を大事にする目も当てられない馬鹿共だからよ」

ソフィアの瞳から、今度こそ堪え切れなかった涙が零《こぼ》れ始める。

ぽろぽろと、情けなくも可愛《かわい》い顔がくしゃくしゃになった。

「私と、妹を……助けてくれま、せんか……？」

「あぁ、任せろ」

アレンは最後にもう一回笑顔を向けると、後ろにいる兵士達へと叫んだ。

「敬愛すべき馬鹿共！　今の話を聞いたか!?」

『『『『おうっ！！！！』』』』

「ここで教会潰して鉱山を奪えば王国の利益にもなる。しかし、俺らは弱小国！　死ぬリスクはどこまで行っても最高潮だ！」

『『『『おうっ！！！！』』』』

「けど、こんな美少女のお願いを聞かねぇで、誰のナニが立派だって？　ふざけんじゃねぇ、俺達が見たいのは可愛い女の子の笑顔であって涙じゃねぇだろ！！！」

『『『『おうっ！！！！！』』』』

「だから――――」

英雄は、どこに行っても英雄である。

相手が生まれの違う人間であっても、救いを求められたら……帰る家があるのなら、誰彼構わず手を差し伸べる。

「世界一清い宝石を奪い返して持ち主に返してやろう。さぁ、お前達……楽しい楽しい戦争のお時間だ」

『『『『うぉぉぉぉぉぉぉぉぉぉぉぉぉぉぉぉぉぉぉぉぉぉぉぉぉぉおおおおおおおおおおおおおおおお！！！！！』』』』

馬鹿共の雄叫《おたけ》びが響き渡る。

見つかろうが、気づかれようが関係ない。

鉱山の奪取？　王国の利益？　知ったことか。

泣いている女の子が助けを求めているのであれば、それに応えるのが男の役割だ。

「ありがとう、ございます……本当に、ありがとうございますっ！」

ソフィアが泣きながら頭を下げる。

「大将らしいと言えば大将らしいが……ま、俺は戦えればなんでもいいぜ」

スミノフはソフィアの頭を軽く一度撫《な》でた。

いきなりのことに驚くソフィアだったが、通り過ぎていったスミノフの笑顔に思わず呆《ほう》けてしまう。

そんな様子を見たあと、セリアが雄叫びの中心にいるアレンの横へと立った。

「初めから知っていましたね？」

「あ？　何が？」

「聖女様にこのようなご事情があったことを」

その問いに、アレンはおどけたように肩を竦《すく》める。

「まさか。違和感とかあったが、鉱山が先に押さえられてたとか、教皇戦なんて派閥争いがあったとか、妹が拉致されているとか俺が知るわけないだろ？」

ただまぁ、と。

アレンは少し困り気味に頬を掻いた。

「あんな優しい子が目先の利益で策謀なんて考えるわけねぇだろうなって、そう思っただけだよ」

心優しい人間が誰かを騙すなんてよっぽど何か事情があったに違いない。

セリアはフッと口元を緩める。

その姿は、状況こそ違うものの……どこか初めて出会った時と似ているような気がした。

「このお人好《ひとよ》しさんめ」

「仕方ねぇだろ、俺達《たち》は総じて馬鹿ばっかりなんだからさ」

「まぁ、とりあえず方針は決まったことだし状況でも纏《まと》めるか」

それから少し時間が経《た》ち。

アレン達は大声で叫んでしまったこともあって麓が覗《のぞ》ける場所へ移動した。

「目下の最優先事項は聖女様の妹を救出すること。そんで、欲をかくならあの教会を潰して新しい教会を建てて神聖国のバックを得つつ自国の領土にすることだな」

「本当に欲張りさんですね」

「口で言うだけなら試食と同じでタダなんだぜセリアさん。最優先事項さえ履き違えなければお買い上げさせられることもない。こっちが教会をどうこうしたところで、聖女を助けるって大義名分があればのちの報復もないしな」

とはいえ、アレンとてそう上手《うま》くことを運べるとは思っていない。

何せ――

「ただ、あの教会には間違いなく僕と同じ聖騎士がいます」

ソフィアの横で、聖騎士であるザックが口にする。

当たり前だ、教会を建設するために聖女がいるのであればそれを守るための聖騎士も同じ場所にいる。

ザックがソフィアの横にいる理由と同じだ。

「そういや、神聖国には聖女って何人いるわけ？」

「私を含めて四人です！」

「おぉ、よく言えました」

「えへへっ……ハッ！」

子供扱いされたことに気づいたソフィアであった。

「四人いることは分かった……でも、話を聞く限りあの教会には聖女は一人しかいない」

何せ、教会を建築するために拉致されたのだ。

もし他に聖女を連れてこられたのであれば、そもそもソフィアの妹を拉致する必要はない。

「一人でも二人でも関係ねぇだろ。敵を倒せば万々歳じゃねぇんすか？」

「戦闘狂は黙って後ろの馬鹿共と腕立てでもしてろ。兵士長なんだから少しは部下と上司を勘定に入れやがれ」

へいへい黙ってますよ、と。スミノフは悪びれることなく肩を竦める。

「なぁ、ワンチャン聖騎士が味方についてくれるとかないかな？　ほら、こっちは助ける側っていうかっこいいポジションで決めポーズしているわけだし」

「……すみません、英雄様。恐らく味方にはつけられないかと」

「どうしてですか？」

「恐らく、彼らは聖女様の妹君――ティナ様を人質として扱っています。そうである限り、主人に対するリスクを冒してまでこちらの味方につこうとは思わないでしょう。だから僕達もこうして内々で救出しようと考えたのですから」

確かに、アレン達の味方につけばティナを救える確率は上がるだろう。

しかし、それと同時に主人が拉致した側の人間に何をされるか分からない。そんな危険を冒すのであれば、確実に主人に危険が及ばない方を選択する。

それが聖騎士という役職であり、誰よりもまずは主人の生死を優先する人間達だ。

「セリア……俺は思ったよ。かっこよく助けると言った手前言いたくはないんだが、不死身の兵隊蟻《あり》を倒すには美少女を殺さなくちゃいけないって構図がある以上、俺達圧倒的に不利じゃね？　俺達はその美少女を助けたいのに」

「今更ですか、ご主人様？　先程のお姿が綺麗《きれい》に瓦解するのでかっこ悪くなるお口はチャックですよ」

と言ったものの、セリアとて主人の弱音は理解できる。

聖騎士は主人である聖女が死なない限り死ぬことが許されない。故に、聖騎士を倒して前に進むには聖女を殺す必要がある。

だが、殺す必要のある聖女はソフィアの妹で今回の救出対象だ。

となると、聖騎士は倒さず救わなければいけない――あんなに強くて確実に立ちはだかってくる敵を。

「それに、一個疑問がある」

「なんでしょうか、アレン様？」

「神聖国のバックにはどの国がついている？」

アレンの言葉に、ソフィアは首を傾《かし》げる。

「だっておかしいだろ、いくら新しい鉱脈が貴重な資源になるって言っても神聖国から離れすぎている。こんなところを陣取ったって、近くの国がなけりゃ鉱山を栄えさせることなんてできない」

鉱山を建設するメリットはあくまでそこに人が集まることだ。

しかし、神聖国が自力で栄えさせるには国から離れすぎている。今回アレン達が提案できたのも自国の領土から近くて容易に人を派遣できる空白地帯だったからこそ。

神聖国単体だけでは、いくら大国であっても栄えさせることは難しく、建てるメリットがない。

つまり、建てれば栄える国が一枚嚙《か》んでいるということになるのだ。

「……その反応を見る限り知らないって感じか」

「あぅ……申し訳ないです」

「気にするな、誰だって知らないことはある。よーし、お兄さんが頭を撫でて元気づけてやろう」

「はいっ！　えへへっ、アレン様の手が温かいで……ハッ！」

またしても子供扱いされたことに気がついたソフィアであった。

「ご主人様、真面目にやってください」

「おいおい、離したまえよレディー。悲鳴こそ上げちゃいねぇが、明らかに腕が背中経由の顔タッチなんて絵面が最悪じゃないか痛いから本当に離してお願いします」

さも自然な流れでアレンの近くに寄って撫でられているソフィアの姿を見て、セリアは素早く腕関節をキメる。

それに対し、アレンは一向に撫でる手を止めようとはしなかった。大した根性だ。

「いや、なんだかなぁ……もう俺達ってオープンで包み隠さずの関係になったじゃん？言わば心の距離が近づいた感じなんだよ」

ため息を吐《つ》きながら離してもらった腕を擦《さす》りながら、アレンは気持ちよさそうな顔をしていたソフィアを見る。

「まぁ、言わんとしていることは分かりますが」

「そしたら、なんか聖女様が妹のように見えてきてな……」

「アリス様が泣きますよ？」

実の妹よりも甘やかそうとしているのだから、確かに泣いてしまうかもしれない。

「少しは真剣に考えましょう。バックがどこかによって対応が変わってくるのですから」

「いいよ、別に。どうせこの人数でババ抜きをする確率よりも高くバックについている人間なんか割り出せるんだから」

「そうでしょうか？　まぁ、妥当に考えるのであれば連邦、もしくは次に距離が近い帝国か魔法国家……ということになりますね」

「結局のところ、俺達があの鉱山を陥落させるには聖騎士を倒すだけではダメだってことだ。さぁ、引いたババからどの国が出てくるかな？　どこにしろ、簡単にあがらせてくれるわけじゃなさそうだけど」

帝国だろうが、連邦だろうが、魔法国家だろうが。

弱小国でありこの人数しかいない自分達にとっては辛《つら》い戦いになるだろう。

ババっていうよりかは貧乏くじだよな、と。アレンは肩を竦《すく》める。

「しかし、やはりこのタイミングとなれば相手は連邦だと考えて行動した方が――」

その時だった。

ガサリ、と。アレン達の近くの草むらから人影が現れる。

アレンとセリア、スミノフは立ち上がり、ザックは咄嗟《とっさ》にソフィアを庇《かば》う。

「これはすまない、別に驚かせるつもりではなかったのだが」

射貫《いぬ》くようなルビーのような瞳に、端整で美しすぎる顔立ち。

姿を現したのは、黒い軍服を着て黒髪を靡《なび》かせるそんな一人の女性。

それにともなって、連邦の軍服を着た人間が十人ほどあとから姿を見せる。

「連邦の『黒軍服』……ッ!?」

「おっと、そんなに警戒しないでくれたまえ。我々は別に戦争をしに来たわけじゃない。それはこの人数を見れば分かるだろう？」

そう言って、おどけてみせる女性。

だが、それがどうにも胡散臭《うさんくさ》い……アレン達《たち》の警戒は言葉一つで緩むことはなかった。

「何しにきやがった？　まさか、さっき遊んだ奴《やつ》らの代わりに遊びに来たってわけじゃねぇだろうな？」

「言っただろう？　もし遊ぶのなら、我々とてこの人数で押しかけるわけがないのだと。本当にチェスやポーカーでもするのであれば、この人数は少々多いぐらいだがね」

「だったら――」

「提案をしに来たのさ」

女性は胸に手を当てて、ペコリとアレン達に向かって頭を下げた。

「申し遅れた、王国の英雄並びに神聖国の聖女殿――私は連邦の統括理事局の第五席に名を連ねるライカ・キュースティーと申す者だ。先も言ったが、此度《こたび》は王国側に提案をしに来た」

そして――

「我々と共にドミノ倒しでもしないか？　連邦近くの空白地帯に余計なオブジェが建っているのは不快極まりない。要するに……邪魔だからあの教会を一緒にぶっ壊そう」

統括理事局。

連邦という多くの諸国が連なる大国の総纏《まと》めをしている組織である。

資本、技術、後継、様々な理由によって選ばれた者が席に座り、それぞれが多大な権力を有しているのが特徴的だ。

――連邦に国王や教皇といったトップはいない。

あくまで統括理事局が取り纏め、会議によって国の方針が決まっていく。

その者達は決まって他の人間とは違う黒い軍服を着用するため、他国からは『黒軍服』と呼ばれていた。

「惚《とぼ》けるのがお上手ですね」

セリアがアレンを庇うように一歩前へと出る。

白々しいと、より一層に警戒を強めた。

「あの教会を建てたのは連邦でしょう？　それなのに、協力ですか……笑えない冗談です」

「いや、そうじゃない」

だが、セリアの言葉を否定したのはライカではなくアレンであった。

「言っただろ、この面子《メンツ》でババ抜きをするよりかは高い確率だって。今、あそこに建っている教会のバックに連邦は考えられない」

「ほう？　かの英雄の方が話が分かるらしい。戦場で戦うばかりの王子ではないということが証明されたな。こちらとしては嬉《うれ》しい限りだ」

ライカがニコリと笑う。

自分の意見と齟齬《そご》がある。この事実に、セリアは疑問の色を浮かべた。

その疑問に、アレンはライカから目を離すことなく答える。

「もし仮に連邦が教会を建てる件に手を貸していたなら、そもそも王国の近くで軍を展開する必要がない。何せ、もう完成しているのだから攻められてしまえば神聖国と一緒に報復できるんだから」

「なるほどなぁ、大将の言ってたことが分かったぜ」

あくまで王国と連邦がしようとしていたのは椅子取りゲームだ。

先に鉱山に教会を建てた方の勝ち。そうするだけで、あとは攻められても神聖国をバックにつけて容易に守り通す作業が行える。

故に無駄に周囲を警戒し続ける必要もなく、軍を展開するメリットもそもそも存在しない。

「鉱山付近の空白地帯から手を引いていなかった以上、連邦がバックにいる線がなくなったって考えたわけですね」

「大方、あそこに軍がいたのは鉱山を王国側から攻め落とすか、王国の前に展開して俺達が後ろにいないか揺さぶりをかけようと思った……ってところだろ」

「ご明察だ、王国の英雄。ちなみに、我々は王国がバックにいるという線は消していたので、前者に拍手を送ったという感じだ。言っておくが、新しい鉱脈など我々も知っていたよ。早い遅いの問答をする気はないがね」

ライカは拍手したまま、ゆっくりとアレンに近づく。

その瞬間、警戒していたセリアが周辺に霧を生み出し始めた。

だが――――

「やめておけ、セレスティン伯爵家の神童。貴様が私の首を狙うよりも早く、私は懐にある銃を抜いてそこの聖女を殺せる。王国の狂犬も、その物騒な剣をしまえ。届かないだろうに」

銃とはなんのことを言っているのか。

セリアには理解できなかったが、それが連邦の最新兵器であることだけは理解できた。

加えて、今の発言がブラフではなかったということも。

スミノフもセリアに合わせて抜いていた剣をゆっくりと鞘《さや》に戻す。

「まぁ、貴様が聖女を見捨てて主人の安全を確保しようという主従主義を持ち出すのであれば肩を竦めるが、あまりオススメはしないよ。確かに私は統括理事局の席に座っているとはいえ、資本で席を確保している人間だ。遺産相続の手続きぐらいとっくに済ませている。私が死んでも自動的にお金が振り込まれて、すぐに新しい黒軍服が顔を出すだけさ。キリがない戦いを挑んで貴重な戦力を失い、下手に連邦の恨みを買うのは嫌だろう？」

だからやめておけ。

もう一度そう言うライカに、セリアは眉を顰《ひそ》める。

その時、アレンもセリアの肩を摑《つか》んでライカと同じように制した。

「こらこら、あんまり連邦のお偉いさんに喧嘩《けんか》売るもんじゃねぇよ」

「ですが……」

「向こうの言っていることに嘘《うそ》があろうがなかろうが、確証だけを並べたらこっちにもメリットがある。言っただろ、最優先事項さえ履き違えなければって。俺達は聖女様の妹を助けられれば万々歳なんだ」

　セリアの代わりに、今度はアレンが前に出る。

「仲良しこよしで積み木を倒すのは結構だが、そのあとに椅子取りゲームが始まるだろ？　目的を遂げた瞬間に背中から刺されるってことにでもなれば目も当てられないぜ？」

「利権を折半すればいい。せっかく一緒に遊ぶのだ……遺恨など残さず、最後まで仲良くした方が我々とてお得に決まっている。何せ、二千もの我が連邦軍を壊滅させられるような相手だ。そんな相手と椅子取りゲームなんかしてしまえば大損害は必須だからな」

　要するに、領土も採掘した資源も平等に分けることで手を組もう。

　ライカはそういう話を持ちかけている。

　それなら、当初の利益よりかは減ってしまうだろうが、現状からしてみれば戦力も増えてその後の利益も得られる点がメリットだ。

「我々は王国と連邦の間にある空白地帯に敵を入れさせたくないのだよ。空白地帯とは、言ってしまえば寝室の壁みたいなものだ。その壁がなくなって敵国のナイフを置かれてしまえばおちおち寝ることもできない。そんな時に、君達王国側が教会を攻め落とそうと考えているそうじゃないか。ならば協力しない手はない」

「……よくもまぁ、俺達が攻め落とそうと思っていることが分かったな」

「鉱山に建っている教会を見て足を止めた王国兵がいれば、そう考えるのが当然だと思うがね？」

「そりゃそうだ」

アレンは警戒を解いてフッと口元を緩める。

それを見て、ライカはアレンの前まで歩いた。

「正式な書面はねぇが、それはあとでゆっくり煮詰めるとするか」

「話が分かる相手でよかったよ。どうも、最近はうちを含めて頭の固い人間が多くてね、よく苦労させられる」

「同意はしかねるが、同情だけはしておくさ――一応、先に言っておく。教会を潰すことには協力するが、そこにいる聖女だけは殺すな。それが手を組む条件だ」

「いいだろう、そっちの事情とやらに特段興味はないのでね。我々はあの不快なオブジェを潰せればそれでいいからな」

言葉が終わり、アレンとライカは握手を交わす。

これから納得させることもあるだろうが……ともあれ、これにて王国兵と連邦軍の同盟が締結されたのであった。


「なぁ、一個聞きたいんだけど」

「なにかね？　今なら大サービスでなんでも答えてやろう」

「どうして重要なポジションに座る人間って美少女と美女が多いの？」

「……そのストレートすぎるアプローチは初めて受けたよ。これは王国を侮りすぎたか？」

◆◆◆

さて、ここに王国と連邦が手を組むという珍しい協力関係が生まれたのだが、ここで一つ問題があった。

『おいっ、ここは戦場なのにどうしてオアシスのような空気が!?』

『大将について行くと美少女が拝めるって最近になって学べたぜ……』

『まだ夜まで長い、だと……ッ!?　美女と美少女の湯浴《ゆあ》みセットはいつになったら拝めるんだ！』

美女が加わったことにより、王国兵の頭が一段と悪くなったのである。

まぁ、元より馬鹿の集まりだ。頭が悪いのは今更の話。

「それと、王国兵はいつもこんな頭が愉快なのか？　動物園にいる猿でもこのような阿呆《あほう》は拝めないぞ」

「やばい、うちの醜態が隠し切れないところにまでっ！」

「戦場が一気に動物園にでもなったような気分ですね」

「ははっ！　元気があっていいじゃねぇか！　士気が高い方がステージも盛り上がるってもんだぜ！」

アレン達《たち》は、そんな阿呆共を引き連れながら再び鉱山へと向かっていた。

千もの人数を隠す気はなく、それぞれが草木を踏みしめながら進んでいる。

その時、ふと気になったライカが横を歩くアレンに尋ねた。

「それと、さしてツッコむ気にはならなかったが、聞いておいた方があとあとの問答が減るしな、今のうちに聞いておこう」

「ん？　どうした夜のスケジュールならいつでも空いているぞ？」

「それはことが済んだあとに自分の財布を見直してから発言してくれ。それより――」

そして、視線をアレンの少し後ろへ向けた。

「後ろの聖女はコアラか？」

「コアラじゃないですよ!?」

「ばっか違うわい！　どこからどう見ても子コアラだろう!?」

「コアラの赤ちゃんでもないですよ!?」

さも自然に背負われているソフィアが顔を真っ赤にして否定する。

その姿が大変愛くるしい。

「いいか、聖女様は今や戦場に置かれているマスコットだ。この子がむさ苦しい男達に囲まれて歩け歩け大会なんかできるわけないだろ？　これは適切な扱い方だ」

「ならば、そこの聖騎士に背負わせればいいのではないか？　傍《はた》から見ていると、疲れた妹を仕方なく背負って帰る兄の構図にしか見えん」

「んな馬鹿な――――ほら、疲れただろ。飴《あめ》ちゃんをやるからもうちょっと我慢な」

「わ、私の扱いが固定化されてきているような気がします……」

いただきます、と。アレンからもらった飴をちゃんと受け取るソフィア。

確かにこの構図だけを見ると仲睦《むつ》まじい兄妹のようにしか見えない。

「そういえば、連邦の兵士はどこにいるんっすか？　結局そのまま鉱山に向かってますけど、いいんですかね？」

「いい質問だ、神聖国の聖騎士。どこかの誰かさんが突然遊びに誘ってきたせいで数は減ってしまったが、他の人間はしっかりと別行動で仕事をさせているよ。協力関係にある以上、我々も拍手を送りながら傍観に徹するわけにはいかないからね」

ライカがニコリと笑みをアレンに向ける。もちろん、アレンは全力で目線を逸《そ》らして知らぬ存ぜぬだ。証拠はあるけどまだセーフ。

「そういえば、大将。何も決めずに歩いているが、行く先とか方法とか決めてんのか？」

後ろを歩くスミノフがソフィアに飴をあげながら尋ねる。

傍から見ていると父親と子供の構図にしか見えない。

「特に考えはねぇな。とりあえず鉱山に向かって鼻の下伸ばしてるお前の直属の馬鹿共と仲良く突貫って感じかな？」

「……ご主人様、そのような考えなしでいいのですか？」

「まぁ、本当はよくねぇんだろうが。どこから攻めた方がいいのか、いつ攻めるのか。俺達は教会を潰す前に聖女様の妹を助けて鉱山をババから占拠しなきゃいけない。だけど――――」

アレンは横にいるライカをチラリと見た。

「どうやら、連邦が舞台を整えてくれるらしいからな。俺らは無駄な頭を使わずにエキストラに徹すればいい」

「連邦がぁ？」

「こら、セレスティン伯爵家の神童。そんな疑わしい以外の言葉が見つからない目で見るな。君の中で連邦の信頼がないのは分かるが、もう少しオブラートに包むということを学びたまえ」

敵国故に理解はできるのだが、あくまで現在は協力関係。

円満にことを進めていこうという気概を持ってほしいものであった。

「まぁ、期待されていないのは分かっているが任せてくれ。提案を持ち掛けた以上、言い出しっぺの責任ぐらいはしっかり果たすさ」

そう言って、ライカは持ち前の潤んだ唇を歪《ゆが》めてみせる。

それでも、セリアは明らかな敵対心をありありと顔に浮かべていた。

「こらこら、そんな顔をするんじゃありません。聖女様が怖がっちゃうでしょ」

「セリア様、笑顔ですっ！　笑っている方が、幸せがやってきますよ！」

「チッ」

「ダメです、アレン様。セリア様がずっと怒ってます……っ」

「こんなキュートな笑顔を向けられても世間にお見せできない顔になるとは……ご近所の美女さんとこの子の間に一体何が……？」

「特段私は何もしていないのだがね。今度、連邦の特産品でも持参してご機嫌取りにでも挑戦してみよう」

あーだこーだ。

たわいもない会話をしながらも、着実に鉱山へ向かっていくアレン達。

そして、いよいよ鉱山の近くまで辿《たど》り着くことができた。

「……それで、辿り着いたのはいいが、このまま突貫しろとは言わないよな？」

「まぁ、落ち着け。少しスパイスを足さなければ料理だって美味《おい》しくはならないだろう？」

さて、連邦は一体どういう準備をしていたのか？

アレンだけでなく、セリアもソフィアもザックも、他の王国兵も気になってライカの方に視線を向けた。

そんな期待を一身に浴びるライカは、徐《おもむろ》に懐から小さなボタンを取り出した。

「それは……？」

「あぁ、これはちょっとした子供の玩具《おもちゃ》だよ」

そう言って、ライカはさも平然とそのボタンを押す。

すると――


ドゴォォォォォォォォォォォォォォォッツツン！！！！


……と、鉱山の方から激しい衝撃音が聞こえてきた。

ふと音の聞こえた方に視線を向けると、黒い煙を吐きながら崩れ去っていく教会が視界に映った。

「さぁ、これであとは掃除をするだけというわけだ」

「何しちゃってんのお前ッッッ！！！？？？」

清々《すがすが》しくも自慢げに口にするライカを見て、アレンは思わず叫んでしまった。

◆◆◆

さぁ、シートでも敷いて自然の景色を堪能しよう！

弁当を広げて、楽しい会話に花を咲かせながら目の前に広がる光景を眺めるんだ。

生い茂った草木、囀《さえず》りをやめて飛んでいく小鳥達、何やら一気に騒がしくなった鉱山、そして――――黒い煙を上げながら瓦解していく教会。

「うぉぉぉぉぉぉぉぉぉぉぉぉぉい!?　あんた開始間際の一幕で何やっちゃってんの!?　あそこには最近できた妹の妹がいるんだよ分かってんのかてめぇゴラァ！！！」

「ティ、ティィナ様が……ッ!?」

「ど、どどどどどどどどどどどうしましょうザック!?　ティナがいるのに、教会が崩れていっちゃってますよ!?」

さて、楽しい楽しいピクニックもお開きにして。

とりあえず騒がしくなった鉱山に負けず劣らず騒がしくなってしまったアレン達。

その元凶である連邦の第五席様は荒ぶる王国の英雄を宥《なだ》め始めた。

「まぁ、落ち着け王国の英雄。ピクニックが小さなハプニングで邪魔されたからと言って、子供みたいに喚《わめ》くんじゃない。少しは私の部下を見習ったらどうだ？」

「いきなりプロローグにエンドロールぶち込まれて喚かずにいられるかっ！　これじゃあ

悲劇のヒロインを救出してハッピーエンドってストーリーが視聴する前に大ブーイングだろうがッッッ！！！」

あの教会にはソフィアの妹がいる。

どういった原理で教会が崩壊してしまったのかは分からないが、あれに巻き込まれてしまえばひとたまりもないはずだ。

アレンだけでなく、ソフィアやザックの顔が一気に青白くなる。

「存外、人間とは建物が崩壊したぐらいでは死なない生き物だ。それに、そもそも聖女とは聖騎士に守られる存在なのだろう？　あれしきであれば白馬の王子様が迎えに来てくれているはずさ。それより、連邦の兵器を見せてやったんだから少しは褒めてくれ、ちょっと期待していたんだ」

褒める以前の問題だろうがと、アレンは歯軋《はぎし》りをするが、小さくため息を吐《つ》いて気持ちを落ち着かせる。

「……やってしまったものは今更文句言っても仕方ない。んで、これからどうする？　今ので怒った蟻《あり》さんが巣から出てくるぞ？」

「せっかく密偵に爆弾を仕掛けさせたのに淡白な反応で涙だよ。これでも我々の兵器には自信はあったんだがね――まぁ、ここからは正面突破でストーリーを盛り上げていこうじゃないか。具体的には、突撃して総力戦だ。英雄殿は前に出ていつものように拳を握ってくれたまえ」

「てめぇ、これが終わったら泣いて謝るまで尻を撫《な》で回してやるからな……ッ！」

アレンがそんな愚痴を吐きながらも、草むらから飛び出して鉱山へと向かって行く。

「よっしゃぁ！　ようやく暴れ回れるぜッ！」

それに合わせて、スミノフを始めとした王国兵が一斉に後ろを追っていった。

――鉱山周辺の地形は、存外分かりやすいものだ。

開拓される前ということもあり、炭坑も綺麗《きれい》に整備された道もない。教会を建てたのもつい最近のこと故に、それほど周辺の木々が伐採されていることもない。

つまりは、単なる山だ。強いていうなら、少し見晴らしがいいというぐらいだろう。

「しかし、どうして連邦はいきなり教会を壊したのでしょうか？」

アレンの横に並ぶように走るセリアが疑問を口にする。

「大方、連邦ご自慢の最新兵器で「いきなり奇襲！」ってことを避けるために中にいる人間を炙《あぶ》り出したんだろうよ！　おかげで蟻さんの巣は大パニック……ぞろぞろと兵士が敵さん求めてお出迎えだ！」

山の上からは続々と兵士が姿を現している。

白い甲冑《かっちゅう》に赤のライン、教会が建っていることもあって姿を見せてくるのは神聖国の兵士達《たち》だ。

「ザック！　あいつら同郷の人間だろ！　言っておくが、ここで俺らを同情に巻き込もうなんて考えるなよ！」

「分かっています！　最優先はティナ様なので！」

相手はソフィアやザックと同じ神聖国の人間。

ここで同郷の人間に対する同情心をアレン達に向けようものなら、たちまち手が鈍ってしまうのはこちらだ。

同じ国の人間を殺すことになっても文句は言うな。戦場では少しの気の迷いが死に直結するのだから。

「案外と敵が多いな……これは二千の連邦軍だけで突貫しなくてよかったよ」

「ごめんね、その二千を倒しちゃって！　あとで謝罪するから、今はセリアと一緒に後ろで聖女様を守ってくんねぇかな!?　女の子の物見遊山に付き合ってられるほど暇じゃないんで！」

アレンの言葉を受けて、先にライカではなくセリアが後ろから一生懸命ついてくるソフィアの下に向かった。

タイミングがよかったのか——その瞬間、上から来る神聖国兵とスミノフを先頭とした王国兵が合流する。

「さぁ、てめぇら！　美少女を助けるヒーローになりたきゃ死ぬ気で生き残れッ！　拉致監禁のサディストに女の子に対する接し方を教えてやろうじゃねぇかッッッ！！！」

『『『『しゃおらぁぁぁぁぁぁぁぁぁぁぁぁぁぁぁぁぁぁぁぁぁつっっ！！！』』』』

王国兵の激しい怒号が響き渡る。

それだけではない、金属音や土が零《こぼ》れる音、何かが破裂するようなみずみずしい音も合わせて戦場と化した鉱山に混ざった。

これが戦争、たった一人の少女を助けることから始まった行動の、成れの果てだ。

「聖女様、怖ければ目を逸《そ》らしてもいいですよ？　ザック様の代わりに私がお守りしますので」

セリアがソフィアの正面に立ちながら口にする。

しかし、ソフィアはその言葉に甘える様子もなく血が飛び交う戦場を見ていた。

「いえ、ちゃんと見ます。怖いですけど……私が始めたことですから」

「……失礼いたしました。では、覚悟を決めた妹のためにも、私も全力でお守りしましょう」

セリアの姿が薄れ始める。

『霞《かすみ》』の先駆者の魔術師が、己の魔術を広げた結果だ。

そして、今度は頭上から巨大な火の玉が飛んできた。

『『『『火球《ヒューマ》』』』』

何人が生み出せば空を覆うような大きさになるのか？

アレンはそんな火の玉へ、手から生み出した雷の槍《やり》を投擲《とうてき》していく。

「さぁさぁ、引いたババがようやくお目見えになったぞ！」

他国の少女を助けることから始まった鉱山奪取戦。

そのお相手は――


「神聖国のバックは魔法国家だッ！！！」


敵は神聖国と魔法国家。

かの四つの大国の二つ。

今ここに、四つ巴《よどもえ》の戦争の幕が切って落とされる――

◆◆◆◆◆◆

空白地帯鉱山奪取戦Ⅳ

◆◆◆◆◆◆

それもそうだ、いきなり自分が監禁されていた建物が激しい衝撃音を放って崩れてしまったのだから。

プラチナブロンドの髪を持った小さくて可愛《かわい》らしい少女は怯《おび》えながら泣いていた。

ポロポロと壁から崩れた屑《くず》が落ちていく教会付近で。

「怖い……怖いよぉ……」

「ご安心ください、聖女様。必ず、貴方様《あなたさま》は私達がお守りします」

そう言って励まそうとする聖騎士の男。

だが、どれだけ安心させようと試みても安心させられないのは事実。

何せ、もう戦争は始まってしまったのだから。

こんなことになるのなら――

「あの、人に……ついて行かなきゃよかった……っ！」

「…………」

「お姉ちゃんの役に、立てるって、聞いてたのに……怖いよ……」

――無理にでも主人を止めておけばよかった。

小さな女の子を言葉巧みに誘導し、敵国しかいない空白地帯に放り込む。

こんな場所に教会をいきなり建てれば、誰だってこういう結果になるのは目に見えているはずなのに。

新しい資源、それと喉元にナイフを突き立てるような行為。

他国の中に教会を建てるのとは違う……了承すら得ていない行為は、圧倒的に亀裂を生む。

それが分かっていて、口にしても主人はここに向かった。

優しい少女は、姉の役に立てるという言葉を信じていたから。

しかし、蓋を開けてみればどうか？　教会の地下に幽閉され、ことが済むまで外にすら出させてはもらえなかった。

（せめて、この呪印さえなければ……）

聖騎士の男は少女の首元を見やる。

そこには、禍々《まがまが》しくも歪《いびつ》な刺青《いれずみ》が――

「おやおや、聖女様は無事かね？」

その時、ふと二人の前に祭服を着た年老いた男が姿を現した。

優しい表情、柔和な瞳。それだけを見れば、温厚で優しいどこかの神父だ。

だが、聖騎士の男の瞳は優しい男に向けるべきではない鋭さを放っていた。

「貴様、のこのこと……ッ！」

「ほっほっほ、そう敵意を向けないでくれ……うっかり殺してしまうではないか」

「ッ！」

殺す、その単語が具体的に誰を指すのかまでは口にしない。

それでも、この状況……術者の行為一つで死に至らしめることの可能な呪印がこの場にある時点で、誰のことを指しているのかは明白だった。

「まぁ、しっかり働くことですぞ。貴様はここに来る敵さえ殺しておれば主人を守れるのだからの」

そう言って、男は祭服を翻してすぐに瓦礫《がれき》の向こうへと姿を消していく。

――あれが、候補者の一人。

どうしてあんなやつが候補者に選ばれたのか？

猫を被《かぶ》り続けていたのだとしても、聖騎士の男にとって信じがたいものであった。

しかし、何故《なぜ》あのようにあの男は余裕の表情でいられるのだろうか？

自分達が守る気などないことは知っているだろうに。

まるでこの戦争の勝ち筋を用意しているかのような――

「怖いよぉ……お姉ちゃん……」

まだ幼いとしか言えない少女が涙を流す。

それを見て、男にできることは――

「聖女様のことは必ず、私達がお守りいたします」

言葉を投げかけることだけだった。

たとえ、神聖国の協力者として魔法国家がいるとしても。

最新兵器を手にする連邦軍、英雄率いる王国兵。

どれも敵に回したくない国との戦争の真っ最中なのに、一体どこへ行けば安全な場所があるのか？

安心させられる要素など、どこにもないではないか。

◆◆◆

「さぁ、敬愛する馬鹿共！　前に進めるやつは後ろを気にせずスミノフみたいにじゃんじゃん前に行け！　目的は教会の成れの果て！　救出対象は聖女様のような可愛い美少女、以上！！！」

『『『『おうっ！！！！！』』』』

「先着一名！　てめぇら、死ぬ気で生き残って白馬の王子様の栄光を摑《つか》みやがれ！！！」

『『『『うおぉぉぉぉぉぉぉぉぉぉぉぉぉぉぉぉぉっ！！！

！！』』』』』

王国兵達のボルテージが急激に上がっていく。

守るべき人間は怒らせたら怖いメイドがしっかりと守ってくれている。ならば、後ろを気にすることはない。

野郎共は可愛い女の子のヒーローになるのに大忙し。泣かせる野郎は総じて死ねばいい！　男の風上にも置けない野郎は英雄譚《たん》に名前を出すんじゃねぇ！

そんな気持ちでいっぱいだった。

「かかってこいよ、魔法国家！　あァ？　神聖国も腑《ふ》抜《ぬ》けた戦いしてんじゃねぇよ！」

王国兵の士気に混ざるかのように、スミノフの雄叫《おたけ》びが木霊する。

一人を止めるのに精一杯なのか、二つの敵国の兵士がスミノフ目掛けて群がっていく。敵も分散でき、動きやすくなる。狙ったわけではないだろうが、スミノフ一人がいるだけでも戦場はアレン達にとって動きやすいものとなっていた。

「セリア！　お前も聖女様連れて先に行け！　家族との感動の再会は早急にしてやるべきだ！」

「承りました、ご主人様」

「お前も行け、ザック！　同じ聖騎士と出会ったら、てめぇの方が相手にできるだろ！」

「分かりました！」

セリアは頭を下げると、近くにいた兵士にソフィアを抱えさせて走らせる。

ザックも護衛として、共に並ぶように走った。

だが、進行方向では湧いて出てくる神聖国兵と魔法士が行く手を阻んでいる。

「『英雄の軌跡《セリス・ヘイロース》を青く雷で照らせ』！」

その道を、アレンは雷の柱でこじ開けていった。

セリア達《たち》を囲むように生まれた柱は地面を抉《えぐ》り、敵国兵諸共《もろとも》進路を示す。

真《ま》っ直《す》ぐに教会へ向かうわけではない。道こそ開けたが、まだまだここは主力が戦う戦場だ。

迂回《うかい》して教会の跡地まで進み、最低限の戦闘だけでソフィアの妹を救出する。

「おや、君はヒロインのピンチに颯爽《さっそう》と現れるヒーローにならなくてもいいのかい？」

「別に目立ちたがり屋な主人公にならなくてもいいんだよ！　最終的に可愛い女の子が笑顔になれるんだったら、それで万々歳じゃねぇか！」

「眩《まぶ》しいね、王国の英雄は。別にそっちの事情とやらに興味はないが、年甲斐《としがい》もなく少しばかり手助けをしてやりたくなったよ」

ライカはアレンの側《そば》で懐から小さな球体を取り出す。

そして、先にあるピンを指で引っこ抜くと、神聖国兵に向かって放り投げる。

すると、小さな爆発音と共に敵兵を吹き飛ばしていった。

「直接的な戦闘能力はないが、少しは兵力として活躍するとしよう。久しぶりに後味のいい戦争になりそうだ」

「戦争に後味もクソもねぇよ！　てめぇも俺も、本来は戦争なんかするポジションの人間じゃないんだからな!?　そこら辺しっかりと認識の共有はできておりますか、アンサー!?」

「それでも、君はずっと拳を握っているではないか。今更ポジション云々《うんぬん》を語ったところで、大した意味を持たないと思うがね」

腕を振るい、的確に相手の胴体へ雷を飛ばしていくアレン。

そんな青年は、声を大にしてライカの言葉に返答した。

「俺には守りたいって思える人間が多いからなッ！　クソッタレ……自分のお人好《ひとよ》しさには涙が出るよ！」

ライカはそんなアレンの返答に肩を竦《すく》める。

さて、今の言葉が『英雄』そのものの発言だと気づいているのだろうか？　一時的に手を組んだ者として、少しばかり眩しいと思えた。

「利益利権を目的として戦っている我々が恥ずかしくなるじゃないか。だが、英雄の側で行う戦争というのも存外楽しくなってきた」

とはいえ――

「さぁ、白馬の王子様が姫の下に辿《たど》り着いた時……最後に笑っているのはどの国になるのかな？」

◆◆◆

特段、この戦場に迂回ルートというものは存在しない。

教会を拠点とした鉱山からは、起こりうる戦争に向けて準備をしていた敵兵が集っている。

今はアレンやスミノフ達といった主力が引き付けてくれているおかげで大部分を引き離せてはいるものの、すぐにどこからか敵兵は湧いてくるのだ。

「それで、セリア様。私達はこのまま教会に向かえばいいんですよね？」

ソフィアを挟むように最後尾を走るザックが口にする。

草木の生い茂る足元が体力を奪っていくが、聖騎士として役目を与えられるまでかなり研鑽《けんさん》を積んできたザックにとっては大した労力ではなかった。

しかし、女の子だとそうもいかない。そのこともあってソフィアは仕方なく王国兵に背負われ、この道中を進んでいる。

だが、セリアは息一つ乱さずに先頭を走っていた。それが少し驚きである。

「えぇ、できるだけ相対せずに教会へと向かいます。私達の最優先は聖女様の妹ですからね」

できるだけ……という言葉に信憑性《しんぴょうせい》はない。

ある意味運試しなのだ。先に敵兵を見つけることができれば迂回できるし、そうでなかった場合は必然的に戦闘を強いられる。

今、自分達の戦力は聖騎士であるザックと魔術師であるセリア。連れてきた王国兵はソフィアを背負うことで手が塞がっているため、戦力としては数えられない。

ごく普通の敵であれば、魔術師一人でも聖騎士一人でも事足りる。

それでも避けなければいけないと考えるのは、ソフィアに戦闘の余波が届いてしまう恐れがあるから。

それと、先にいるであろう聖騎士と相対した時の体力を温存するためだ。

(聖騎士が死なない人間であるのなら、先んじて妹さんを見つけないとそもそも話になりません。しかし、そう都合よく私達が先手を取れるとは思いませんが)

死なない相手と戦闘するのであれば、可能な限り時間を稼ぎたい。

そうすることによって誰かが見つけてくれる可能性が増える。

こうして先陣切って別行動をしているが、セリアは頭の中で「自分は時間稼ぎの要員」だと思っていた。

（まったく、損な役回りです……ご主人様の横に並ぶのが戦場にいる意味だというのに）

これが終わったら存分に甘やかしてもらいましょう。

セリアは決まってもないご褒美に向けて再度気合いを入れ直した。

――その時、ふと足が止まった。

「あれは……」

セリアが身を屈《かが》めて視線の先を見る。

それに伴って、後ろにいたザック達も一斉に腰を低めた。

視線の先。

そこにあったのは、多くの連邦軍と神聖国の兵が山道で戦闘を繰り広げている光景。

どうやら、別の方向からも教会を潰そうと攻め入っているみたいだ。

「まだあんなに連邦軍がいたんっすね……」

「流石《さすが》は大国と言ったところでしょうか。二千を倒した程度ではダメだったようです。それと、何やらちゃんと仕事をされているようで無性に腹が立ちます」

「……ほんと、ライカ様とセリア様の間に何があったんですか？」

しかし、これはありがたい話だ。

ここでも戦力を引き付けてくれているのであれば、進んだ先の敵兵が少なくなっている。

セリア達は気づかれないようそっと進行方向を変え、再び教会へと進んでいく。

「聖女様、きつくはありませんか？」

「だ、大丈夫ですっ！　何せ、私はおぶられているだけですので」

えへへっ、と。どこか疲れが滲《にじ》んでいる顔で笑うソフィア。

セリアが言った言葉は、別に体力面の話ではない。

（こんなに人が傷ついていく様子を見て、果たして最後は笑ってくれるのでしょうか……？）

セリアは慣れてしまっている。

アレンについて行くと決めた以上、戦争で誰かが死ぬという光景に覚悟があった。

だが、ソフィアは違う。妹を助けたいという自分の願望によって誰かが傷ついていく姿を見せつけられている。

ただでさえ、血を恐れるお年頃の女の子だというのに。

罪悪感で潰されてはいないだろうか？　苦しいと思わないだろうか？

少なくとも、今の顔は疲弊しきっている……心に相当な負荷がかかっているはずだ。

（早く助けてあげなければいけませんね……）

セリアとて、優しい女の子だ。

主人ほどではないが、困っている人間がいれば助けてあげたいと思う。

しかも、可愛《かわい》いと思ってしまって懐いてくれている妹みたいな存在のお願い。

であれば叶《かな》えてあげたい……それぐらいの良心は持ち合わせている。

故に、セリアは自然と足が速くなった。

早急にソフィアの妹を見つけて、この戦いを終わらせ――

「おい、ザック。てめェ、なんでそっち側にいるんだよォ？」

ふと、怒号が木霊のように響く戦場にそんな声が響き渡る。

またしてもセリア達の足が止まった。

「キースさん!?　それと……」

「言うな、キース。ザックはソフィア様の聖騎士だ。立場上、そちらにいるのは道理だろうよ」

足を向けた先には、ザックと同じ白い甲冑《かっちゅう》を身に纏《まと》った男が二人。

その姿に、ザックは驚きを隠し切れなかった。

そして、何やら知り合いらしい。ということは――

「故に、我々がここにいる道理も理解してくれるな？」

「ユリウスさん……」

「こっちにも色々と事情があるのだ」

ザックが歯軋《はぎし》りをする。

分かっていた……分かっていたことじゃないか。

「まァ、ザックの事情とやらは理解してやるがよォ……だったら、こっちの事情も理解してくれや。後ろには俺達の姫さんがいるんだからよォ」

ユリウスとキースと呼ばれた男達が剣を抜く。

あぁ、なんてババだ。セリアは嘆かずにはいられない。

「聖騎士が二人……これであれば、どこぞの有象無象《うぞうむぞう》を相手にした方が楽でしたね」

必然的に、セリアとザックは拳を握らされる。

アレンと別れたそのあと――二人が相対するのは、神聖国の聖騎士であった。

◆◆◆

「気張れや、お前ら！　このご時世に最もハードで刺激的な職場で働く社畜の根性を見せてやれ！」

アレンは周りを鼓舞しながら、着実に前に進んでいく。

雷撃の一閃《いっせん》を繰り出し、時に拳を叩《たた》き込んで神聖国の兵士を倒していく。そうは言っても、基本的にアレンが戦う相手は魔法士だ。

残念ながら王国兵に長距離戦ができる人間はいない。

「ははっ！　いいぜェ、最高じゃねぇか！　じゃんじゃん、魔法を撃ってこいよ、魔法士共！」

強いて言えば魔法をものともしないスミノフぐらいだろう。

その点、魔法士は基本的に長距離から魔法を放っていくタイプだ。

戦場においてどっちが有利で効果的なのかは言わずもがな。

故に、対応できるアレンのみが必然的に相手にしなければならなかった。

『白馬の王子様になるのは俺だ！』

『美少女からのハートの視線は俺のものだ！』

『危機的状況からのヒーロー……そして、健全なお付き合い！』

『幸せな結婚生活が俺を待っている！』

「やめろお前ら！　根性を見せろとは言ったが、誰も醜態を見せろとまでは言っていない！」

これは助けたあとの方が危機的状況になるかもしれない。

アレンは気合いが入っている部下を見て密《ひそ》かに出会ってもいないソフィアの妹に心配を寄せるのであった。

とはいえ、その気合いにも随分と助けられている。

モチベーションの高い兵士は決まって想像以上の力を発揮してくれるものであって、それが神聖国の兵士を圧倒し、大した損害もなく押せていた。

現状だけで見れば優勢。徐々に、王国兵が教会までの距離を縮めている。

「しかし、意外だな」

アレンが遠くの魔法士に槍《やり》を投擲《とうてき》しながら呟《つぶや》く。

「何がかね？　優勢という状況に対して言っているのであれば、それは少し心外だな」

ライカがアレンの少し後ろで銃を発砲していく。

あれなんだろう少しほしい。アレンは連邦お得意の最新兵器を見てそんなことを思った。

「違ぇよ、敵の数だよ数。おたくご自慢の兵器とか人数とかに文句を言ってるわけじゃねぇよちょっとそれ気になるんだけどあとで撃たせて」

「ふふっ、構わないよ。ようやく興味を示してくれたようで鼻が高くなるね」

それで、と。

「数が少ないのは分散させているからだと思うよ。別の方面で私の部下に攻めさせているからね」

「おぉ！　いつの間に！っていうか……まだいたの、連邦の可愛い可愛い部下さんは」

「数が減ってしまった要因ととられると複雑な気持ちになるな。だが、我々とて四つの大国の一つだ——単純な兵力もそれなりにある」

ライカが今回邪魔なオブジェを倒すために用意したのは五千。

そのうち二千は予期せぬ王国からの攻撃によって消えてしまったが、まだ三千ほど余力はある。

だが、冷静に考えてみるとライカは『攻め落とすのに五千は必要だ』と考えて軍を展開していた。

その内の二千が減ってしまったということは——

「さぁ、穴埋めを頑張ってくれたまえ。不用意が己の首を絞めるっていういい教訓を学べてよかったじゃないか」

「身から出た錆《さび》がこれほどまでに辛《つら》いものだったとはッ！　絶対戦争勝たなきゃ涙になるやつだこれ！」

アレンは必死になって辺りに雷を飛ばしていく。

これで美少女の笑顔も守れず、鉱山の利権も手に入らなければ家族からドヤされることにもなり、いつも隣にいるメイドからご褒美の冷たい瞳を向けられてしまう羽目に。

それだけは絶対に避けなければ……ッ！

「まぁ、でも今のところ優勢だし、案外勝てるかも——」

その時だった。

『『あぁぁぁぁぁぁぁぁぁアァァァァァァァァアッッッ！！！？？？』』

自国の兵士の叫びと共に巨大な火柱が自陣に上がったのは。

「早いっ！　最後まで言い切ってないのにフラグが回収されるのが早いっ！」

「立った時点で『いつでも回収してください』と言っているようなものだろう？」

「言っておくが回収してほしかったわけじゃないからな!?　可能ならスルー推奨のアンチコメントみたいな感じで扱ってほしかったんだよ俺は！」

激しい爆風に肌を撫《な》でられながら、アレンは驚きを誤魔化すように叫ぶ。

しかし、そんな悠長なことは言っていられない。

すぐにアレンは大事な部下の安否と損害を確認する。

『ふぅ……日頃のジャンピング土下座が役に立ったぜ。あれがなければ、こんな魔法避《よ》けられなかった』

『日頃女の子から受けているビンタに比べれば、こんな火傷屁《やけどへ》でもねぇ！』

『日頃行っている覗《のぞ》きによって培われた危機察知能力がなければ、今頃豚の照り焼きだったぜ……』

しかし、そんな心配は無用なようで。

奇跡的にも、あんな巨大な火柱が生まれたというのに目立った損害はなかった。

「さ、流石《さすが》は俺の部下……逞《たくま》しすぎる！」

「今のセリフをちゃんと聞いていたのか？　同じ女として尊敬どころか侮蔑ものだぞ」

日頃、彼らが何をやっているのか気になるところだ。

「それより――――」

「あぁ、分かってる」

二人は敬愛すべき阿呆《あほう》共から視線を外し、先の方へと顔を向けた。

そこには青紫色の三角帽子を被《かぶ》った金髪の女性。

それと、白いワンピース姿でゆっくりと並ぶように山を下っていく少女の姿があった。

「はぁ……面倒。どうして私がこんなことしなきゃいけないの？」

「ま、まぁ落ち着いてください、ジュナさん。これも上からの命令ですし、あとでいっぱい報酬出るらしいので」

「……私、基本的には引き籠ってインドアで楽しみを見つける派なのに」

金髪の女性をワンピースの少女が宥《なだ》める。

緊張感もなく、魔法士達《たち》の合間を縫って歩いていく。

魔法士達がそれを咎《とが》めることはなかった。

ということは――――

「俺とセリアの同業者か……」

「あのお花畑にいそうな可憐《かれん》な少女は、そうだろうな」

アレンの言葉を、ライカは否定していく。

「賢者、という魔法国家のお偉いさんは知っているだろう？」

「嘘《うそ》だろ、おい!?　その前振りはあのパツキン美女が賢者だっていうことなのか!?　なんでそんなやべぇやつが来てんだよ、ただでさえ美女と美少女に弱いのにぃー！」

「まぁ、落ち着け。やつはその賢者の弟子だ。全魔術師の頂点……魔法を極めた者の中で最も頂きにいる相手ではないから安心したまえ。やつは髭《ひげ》を生やしたおっさんだ」

「その弟子っていうワードに安心感なんてねぇよ、ナメてんの!?」

つまりは、魔術師のトップから直々に教えを受けた天才だということ。

それだけで、彼女がどれほど他の魔術師達と比べ異質で強大なのかはご丁寧に説明を受けなくても理解できる。

「マジかよ……うちの馬鹿共じゃ魔術師なんて相手できねぇのに」

「大将！　なんだったら俺が相手しようか!?」

離れたところで、アレンのぼやきを聞いていたスミノフが叫ぶ。

「お前はそっちに集中しろ！　流石に魔術師相手じゃスミノフでも勝てねぇよ！」

いくら腕っぷしが戦闘狂《バトルジャンキー》に相応《ふさわ》しかったとしても、魔術師は魔法を極めた異端者だ。

常識の枠に収まっている兵士程度で抑えられるものではない。

「はぁ……結局、俺がやるしかないもんな。相手は賢者の弟子？　最近絶賛活躍中の俺に世界は色々と期待しすぎじゃねぇのか？」

「そんな世界からの人気者に一ついい話をしてやろう」

ライカが口元を緩めて銃を構える。

「ただの魔術師は私に任せておけ。王国の英雄は賢者の弟子とダンスでも踊ってくればいい」

「いいのか？　助かるが、お前は魔術師でもなんでもねぇだろ？」

「なに、確かに私個人の戦闘力はそこらのおなごと変わらんが、武器の扱いには長《た》けていてね。知っているかい？　眉間に鉛玉をぶち込めば、人は簡単に死ぬものだ」

「……あんな可愛《かわい》い子、殺してほしくねぇなぁ。夢に出てきたら、俺はしばらくナニが立たない自信があるよ」

しかし、そうも言っていられないのが戦場だ。

故に、アレンは青い光を纏《まと》った拳を構えて気合いを入れる。

「そんじゃ、背中は頼むぜ連邦の黒軍服！　こいつら倒せば大冠だ！」

「君こそ、あとで美女のエスコートが必要だと言わないように精々気張ることだ」

――相手は、魔法国家の魔術師と賢者の弟子。

王国の英雄と連邦の第五席は、それぞれ一つの勝利を得るために相対する。

◆◆◆

「ザック様、聖女様を連れて先に進んでいただけませんか？」

辺りに霧が広がり始める中、セリアがザックに向かってそんなことを口にした。

「ぼ、僕も戦いますよっ！」

「何を言っているんですか。ゾンビのようなお相手とダンスをしても勝てる保証はどこにもありませんよ。それなら、ここで時間を稼いで二手に分かれた方が効率的です」

それに、恐らく聖騎士はもう一人いるはずだ。

聖女の側《そば》を離れず、守りに徹している人間が。

そうなれば、王国兵ではまず相手にはならない。ザックが先に進んでその聖騎士と相対するのが最善手だろう。

「ですが、それだとセリア様が……」

「私のことはお気になさらず。どうせ損な役割だというのは初めから承知しておりましたので」

アレンもきっと、このことは想定していたはずだ。

だからこそセリアを側から離し、ソフィア達に同行させた。もしも、手に負えそうにない相手が現れれば足止めしてくれると考えただろうから。

「これはブラックジャックのようなものです。先にエースである聖女様の妹を助けた方が勝つ。何せ、こちらには絵札が揃《そろ》っているわけですから」

「………」

「ご安心ください。私、こう見えてもご主人様に次ぐほど強いので」

故に、早く行け。

そう背中で語るセリア。

ザックは少しの間、逡巡《しゅんじゅん》した。果たして、女の子に聖騎士を二人も相手させていいものなのだろうか、と。

しかし、セリアの言っている理屈は納得できるほど理にかなっている。

となれば――

「セリア様……」

ソフィアが不安の籠った瞳を向けてきた。

それに対し、セリアは――

「これが終わったら、女子会というものをしてみましょう。私、実は少し興味があるのです」

笑ってみせた。

罪悪感で圧《お》し潰されそうな少女を安心させるために、安心する要素のない場所で。

ソフィアは戸惑いこそ見せるものの、ザックよりも先に「お願いします」と王国兵に向かって口にした。

「……ご武運を」

「えぇ、あなたもしっかりと聖女様をお守りするように」

王国兵が頭を下げ、ソフィアを抱えたまま先を走る。

ザックも、迷いのある瞳を残しながらもあとを追っていった。

「逃がすと思うか？」

ユリウスと呼ばれた聖騎士が、ザックの後ろを追い始める。

流石に捕まえて殺そうなどとまでは考えていないだろう。何せ、同じ神聖国の聖騎士で、もう一人は国を象徴する聖女だ。

きっと、捕まえて動けなくするぐらいのはず。

しかし――

「あら、せっかくレディーからダンスを申し込んでいますのに、無視は紳士としていかがなものですか？」

耳元から、女性の声が聞えた。

その瞬間、首元から血が溢《あふ》れ始める。

「が、フッ!?」

口からも血を溢《こぼ》しながら、ユリウスは驚愕《きょうがく》の色を浮かべる。

どうして、自分の喉は切られているのか？　死ぬことはないが、焼けるような痛みが喉を襲った。

恐る恐る背後を振り返る。

そこには、造形の薄れたメイドがいつの間にか氷でできた短剣を握り締めていた。

「てめぇ、魔術師かッ！」

キースと呼ばれた聖騎士が抜刀した剣をセリアに向けて容赦なく振るった。

その速さは正に聖騎士と呼ばれる者。そこら辺の兵士など余裕で凌駕《りょうが》していた。

だが、セリアの体に剣先が触れた途端……なんの感触もなく空ぶってしまう。

「はァ!?」

「ふふっ、熱いご声援をありがとうございます。驚かれるのは魔術師《エンターテイナー》冥利に尽きるというものです」

セリアという少女の輪郭が消えていく。

気がつけば、辺り一面は霧のかかった山へと変貌を遂げている。

驚くべき事態なのだが、二人はゆっくりと息を吐いて気持ちを落ち着かせた。

「……なるほど、王国の英雄に仕える魔術師とは貴様のことだったか」

「こりャ、存外手を焼くかもなァ」

「あら、ではゆっくりお茶などいかがですか？　こちらは一人に対してあなた方は二人なのです……というより、どうして二人も三人もいるのですか、そちらは？　こちらは一人ですよ？」

「そりャ、そっちは私用でこっちは公務だからだろうがよォ。それに、あの優しい姫の姉君のことだ……どうせ、巻き込みたくないって言って誰も連れていこうとしなかったところにザックの野郎が無理矢理来たって感じだろ」

「なるほど、それはかなり納得のできる理由です」

　二人ならそのようなことを言いかねない。

　不意に納得させられてしまったセリアであった。

「まァ、与太話はここまでにしておこうや。こっちは急いであいつらを追わなきゃなんねェんだ」

　ここで誰かが抑えて誰かが教会に向かったソフィア達と合流するという選択肢もある。

　だが、いつどこに現れるか分からない人間がそう簡単に逃がしてくれるものだろうか？

「……行かせませんよ」

　その言葉が聞こえた瞬間、キースとユリウスの体が一瞬にして氷のオブジェへと変貌を遂げた。

霧の濃度を上げ、温度を下げることによって相手を凍らせるセリアの魔術。

だが、その魔術もものの三秒ほどで崩れ去ってしまった。

ピシリ、と。氷のオブジェにヒビが入ったかと思えば、すぐさま二人が顔を出す。

「不死の人間を相手にするのです。そう考えれば互いに死なない人間が相手をした方がいいでしょう」

「その話が本当ならな」

ユリウスは体の調子を確かめるかのように腕を回した。

いつの間にか、切られた喉にあった傷も赤い血だけを残して元に戻っている。

――――これが聖騎士。

聖女という存在から直接恩恵を賜り、聖女が生きている限り死ぬことが許されない存在。

その攻略方法は『聖女を殺すこと』。しかし、それはセリアには使えない。

となると――――

「ジリ貧で時間稼ぎ……上等ではないですか」

セリアが今一度、辺り一面に霧を広げていく。

「さぁ、戦争をしましょう――――女性だからといって、油断はなさらぬようお気をつけくださいませ」

そして、セリアは挑発するように獰猛《どうもう》な笑みを浮かべるのであった。

◆◆◆

アレンがまず先に起こした行動は至って単純――

生み出した雷撃の槍《やり》を投擲《とうてき》して、自ら突っ込む。

まず、相対すると決めたのなら敵に己を認識させなければならない。

魔法士だろうが魔術師だろうが、遠距離の攻撃ほど有利で効果的なものはないのは言わずもがな。

しかし、その利を放棄してまで己を認識させるのは周囲にいる馬鹿者にこれ以上飛び火しないためだ。

王子なのになんて損な役回りなんだ、と。アレンは内心で愚痴る。

（けど、セリアにも損な役回りをさせたし、ここで俺がしないのもって話だよな！）

槍が向かった先は賢者の弟子であるジュナ……ではなく、モニカと呼ばれた少女。

これもアレンなりの気遣いだ。

さぁ、どう回避するか？　こいつの魔術はどんなものか？

あとで相対するライカに見せつけるための一撃。それに対し、ワンピースを着た少女は

「『美しく生い茂れ《サズラフィーネ》』！」

地面に手をつき、いきなり蔦《つた》で覆われた壁を自分の前へと生み出した。

雷撃の槍が壁を壊しながらも霧散していく。

「えぇっ!?　いきなり私なの!?　普通、ここはジュナさんな気がするんだけど……」

「……その発言も、どうなの？」

二人の反応はあくまで飄々《ひょうひょう》としたものであった。

それだけこの戦場に危機感を覚えないのか、あるいはそもそも相手にならないと踏んでいるのか。

しかし、これで二人の意識はアレンを認識せざるを得なくなった。

二人の下に行く道中、魔法士達《たち》がアレンに向かって魔法を放っていく。

火の玉だったり水の塊だったり。アレンは地面に転がっていた剣を生み出した雷の一閃《いっせん》で拾い上げると、振り回すことで迎撃した。

そして、魔法士達の間を潜《くぐ》り抜け、ようやく二人の近くまで足を運ぶ。

狙いは――――モニカだ。

「ちょっ!?」

「さぁさぁ、一名様ご案内！　しっかりと席へ案内頼むぜ、黒軍服！」

雷を纏《まと》った蹴りは容赦なくモニカの脇腹に刺さる。

それをモニカは生み出した草木でカバーするが、雷からこそ身を守れたものの勢いだけは殺し切れずに吹っ飛んでいく。

モニカ達がいたのは斜面の上。蹴られた方向が下であれば、そのまま殺し切れない勢いは転がることによって距離を稼いでいく。

転がった先には黒軍服の女性の姿。

「案内を任されたからには丁重におもてなししないといけないね。具体的には、メインディッシュに入る前の前菜をプレゼントしよう」

そう言って、ライカは懐から取り出した玉のピンを抜いてポイ捨てでもするかのように放り投げる。

それがなんなのか、魔法国家の魔術師が知るわけもない。

だが、ここに至るまで自分が狙われ続けてきた流れが彼女にようやく危機感を覚えさせた。

「ッ!?　『美しく生い茂れ《サズラフィーネ》』！」

自身の体を囲うように生まれた草木の壁。

小型の手榴弾《しゅりゅうだん》は容赦なく寸前で爆発し、草木の壁を破壊していった。

「ふふっ、それじゃあ君には資本で成り上がった第五席のお相手をしてもらおうじゃないか」

「うぅ……なんか、私ばかり巻き込まれている気分。せっかく会えると思って参加したのに」

――そして、その様子を傍観する賢者の弟子。

「……分散が目的？」

「あの子の相手はあいつがしてくれるって言ったからな！」

これで、一対一。

アレンは相対を始めると、そのまま拳を振り下ろした。

その拳はジュナの頬にめり込み……アレンの顎に蹴りが入った。

「「ッ!?」」

ジュナとアレンの体が大きく仰《の》け反《ぞ》る。

それと同時に、二人は自分の体に違和感を覚えていた。

ジュナは意識が飛びそうなほど体が痺《しび》れており。

アレンは顎が焼けるような痛みを残しており。

どうして魔術師が肉弾戦をしてくるのか。ジュナにはそんな疑問も湧き上がった。

「……不思議、ちょっと興奮してきた」

ジュナは三角帽子を放り投げてその艶やかな金髪を露《あら》わにした。

やはり遠目から見ても美しいと思えた顔。近くで見れば、それがより一層強調されたような気がする。

「やだねぇ、美女のお相手をするなんて。野郎はどこに行ったよ？　今だけはむさ苦しい戦場が恋しくて仕方ねぇ」

「……だったら、今すぐ戻ればいい」

だけど、と。

ジュナはアレンの懐へと潜っていく。

「……その代わり、ちゃんと私の相手をしてね？」

「ちくしょう！　シチュエーションが明らかに違うんじゃねぇのか、今の発言!?」

振り下ろされる拳と襲い掛かる蹴りを寸前で躱《かわ》していくアレン。

触れるだけであの痛みが襲ってくる。それがアレンに一種の恐怖を与えていた。

――しかし、それはジュナとて同じ。

忘れてはいないだろうか？

どうしてアレンが英雄として称《たた》えられたのか。その要因の最たるところは、アレンが魔術師だからではない。

圧倒的戦闘センス。

故に、魔術合戦に入らず肉弾戦ともなれば……先に拳を叩《たた》きこめるのはアレンだ。

「がッ⁉」

ジュナの体がまたしても大きく仰け反る。

それだけではない。頭に響くような雷がジュナの次の行動を抑制した。

「これでも、普通の人間なら一発で倒れるんだけど、なッ！」

もう一発と、アレンは空いた胴体に向かって蹴りを放つ。

足はまだ靴を履いているからいい。しかし、殴った拳はやはり大きな火傷《やけど》をしている。

あと何発この拳で殴れば焼けただれるのか？　それは分からない。

だが――

「……うん、いい。魔術じゃなくてこういう戦い方、私は大好きだよ」

「だから時と場所とワードが間違ってんだよそういうセリフはベッドの上で吐きやがれッッッ！！！」

ジュナは笑う。

恐怖も焦燥も気だるさもない。

先程のつまらなそうな顔から一変……彼女は楽しそうに笑っていた。

◆◆◆

統括理事局第五席に座るライカにはそれほどの力はない。

魔法士のように魔法が使えるわけでもなければ、そこらの兵士のように剣を巧みに操れるわけでもない。

強いて言うなら、己を守るための護身術ぐらいだろう。

そもそも、統括理事局の末席に加わっているライカは連邦最高峰のお偉いさんだ。本来は前線に立って戦争を始めるような人間ではなく、後ろで椅子に座りながら優雅に紅茶を嗜《たしな》んでいるべき人間である。

今回は少々事情が特殊だったため自ら出張っているにすぎない。

それでも、英雄に「やる」と言ったからには履行しなければならない。

久しぶりに味わう、損得抜きの戦争である。

「ほれ、もう一発プレゼントだ」

ライカは懐から取り出した手榴弾を一気に三つも放っていく。

カンッ、と乾いた音と一緒に跳ねた手榴弾はモニカの下へと向かっていき、すぐさま小さな爆発が起こった。

「ちょ、ちょっと!?　本当に死んじゃうよこれ!?」

草木の壁は一発で崩れる。

そのため、二つ目以降は転がらないと回避しようがなかった。

「おいおい、そんなに動き回ったらせっかくのワンピースが汚れてしまうぞ？　戦場に似合う服装は用意してもらえなかったのかね？」

「元々、汚れる予定はなかったの！　後ろからバンバン魔術撃っていけば勝てるのが魔術師なんだから！」

「しかし、今はそんなことないだろう？」

「容赦なく女の子を蹴ってくる男がいたからね！　今じゃ動いてないと自分の血で汚しちゃいますよせっかくのワンピース！！！」

モニカが指を向けると、崩れた草木がライカへと伸びていった。

先端の蔦は鋭く、刺されればどうなるか容易に想像ができる。

故に、ライカも同じように走り回り、避けきれない部分を銃を使って破壊していく。

――――己に力がない分、武器で代用すればいい。

そうすれば、非力な女も戦場で活躍できる華となるだろう。

これこそが連邦。特殊な個などいらず、個に武器を与えることによって特殊なケースに対抗できる個を生み出す。大国になった一番の要因だ。

「しかし、意外だな」

ライカが銃口をモニカに向けて発砲する。

「何が!?っていうか、なんでそっちは冷静なの!?」

「それは可愛《かわい》らしく悲鳴を上げたところで、男の好感度など上がらない場所だからだ。そして、意外なのは神聖国ではなくて君達だよ。いくら神聖国と協力関係にあったとしても、貴重な魔術師を差し出せるほどここに利益はないだろう？」

発砲された銃弾は草木の壁に刺さっていく。

だがやはり手榴弾ほどの威力がないからか、草木の向こうでモニカの声が聞こえてくる。

「上から言われたんだから仕方ないじゃん。私だって友達に会えるかもって話じゃなかったら高い報酬なんか気にせず唾吐いてましたよ」

「ん？　友達というのはもしかしてセレスティン家の神童か？」

「あー、うん……まぁね。向こうが覚えてくれているか分からないし恨んでいるだけかもしれないけど、私はちょっと苛《さいな》まれている後悔を払拭したかったの」

とはいえ、ここにセリアはいない。

開始早々に分かれてしまったのだから仕方ないと言えば仕方ないのだが。

「はぁ……あとで会えるかなぁ？　会えないとただ買い物に来ただけっていうのに」

「会えた時にはこの戦争に白黒がついているだろうがな。そうなれば感動の再会も片方が縄で縛られている可能性が高いぞ」

「その時はその時かな？　最悪、セリアちゃんだけ逃がすっていう選択肢もあるわけだし」

「……まるで私に勝てるとでも言わんばかりの反応だな」

「いやぁ、流石《さすが》に？　色々驚くし普通に死んじゃう可能性だってあるけど、私だって一応魔術師だから」

そう言うと、モニカを中心に巨大な草木の波が襲ってきた。

それは視界全体を覆い、全ての先端が鋭く尖《とが》っている。

「クソッタレ……ッ！」

ライカはすぐさま軍服の下に吊《つ》るしてあった鼠色《ねずみいろ》の塊を取り出すと波に向かって放っていく。

そして軍服を脱いで自分を覆いボタンを押すと、激しい衝撃音と爆風が辺りに広がった。

「近所迷惑とか考えろ……ッ！」

「あなたの方が近所迷惑激しいんだけど!?　普通に煙たいよこっちまで！」

草木の波は爆弾によって破壊される。

焼けるような爆風も軍服のおかげでなんとか凌《しの》げ、とりあえずの回避に成功した。

「クソ……本当にこのあとの利益に繋《つな》がらなかったら骨折り損がすぎるぞ。出血大サービスは男の前だけで十分なんだ」

ライカは煙が辺りを占めている中、声のした方へ何度も発砲していく。

当たらずともいい、視界が回復するまで敵を牽制《けんせい》することさえできれば。

「上にいる人間は利益のことばっかり言うよね」

「それが上に立つ者の仕事だろう？　その分の恩恵に魅力を感じるかどうかは人それぞれだがね」

「だったら、ここで手を引けばいいじゃん」

　煙が晴れていく中、草木の壁に守られているモニカが顔を出す。

「利益云々《うんぬん》の話で言えば、どうせ連邦は邪魔な教会を壊せればいいんでしょ？」

「分かっているなら手を引く理由もないと理解できるはずだ。貴様らとて、教会を守りたいんだろう？」

「いや別に？」

　その言葉を聞いた瞬間、ライカの眉がピクリと動く。

「そもそも、こんな場所に教会を建てて鉱山を手に入れても魔法国家的には美味《おい》しくないんだよね。だって、いつでも連邦や王国に狙われる場所なんて面倒臭いし、被害も大きい。魔法国家から神聖国ほどじゃないけど遠いんだよ？　それなら近くの場所に腰を据えるよ」

「だったら――」

「目的の反対は敵国の勝利だけってわけじゃないからね？」

　モニカはゆっくりとライカに向かって歩き出す。

この一連で汚れてしまったお気に入りのワンピースについた土埃《つちぼこり》を叩《はた》きながら。

「さっきの話だけど、私からしてみれば上の判断に意外性はなかったかな？　むしろデメリットに対して得られる利益は十分に見合っているし、納得もしてる」

ライカは笑わない。

別にこの話に面白さなど求めてないし、さして興味もなかったから。

「鉱山？　教会？　いらないよそんなもん、お好きにどうぞ。私達《たち》の勝ち筋の先はそこに設定されてないから」

これはそういう戦争。

——前提としての認識が、そもそも違う。

◆◆◆

王国の英雄と賢者の弟子との戦いは意外な形で幕を開けた。

「ッ！」

「がッ!?」

近距離で行われる肉弾戦。

ジュナに関しては純粋に戦闘を楽しむため。アレンに至っては周囲に飛び火しないよう配慮したため。

双方魔術師でありながら、互いの利を生かさない形であった。

ただし、それは遠目から見た場合の解釈であり、実際には少々違う。

（やばい……想像以上に痛いぞ、これ⁉）

ジュナの拳を受ける度、ジュナの蹴りを受ける度。

触れた部分が一瞬にして焼ける。

人間が熱を受けてそれが「熱だ」と感じるまでに少しだけ時間を要するのは常識的な話。

蠟燭《ろうそく》の火に向かって勢いよく指を突っ込んでもまったく火傷にならないのはご存じだろう。

意識だけでなく体の一部ですら一瞬であれば人体に影響は及ばない。

しかし、ジュナのそれは違った。

一瞬だけだと思って受けていても、触れた部分が焼けてしまうのだ。

そのせいもあってか、アレンの腕や胴体は服を焼かれたところに火傷がいくつも生まれている。

（けど、それは向こうだって同じ……ッ！）

放たれる拳を躱《かわ》し、アレンはジュナの顔を摑《つか》んで地面へ叩《たた》きつける。

その瞬間、アレンに纏《まと》っていた青い光が雷となってジュナの体を襲った。

単純な肉弾戦であればアレンに分があるようだ。純粋な戦闘スキルもあるが、アレンは我慢で火傷《やけど》をカバーできるのに対してジュナには痛みと強制的な体の硬直が生まれる。

故に、ジュナはアレンの攻撃を受ける度に『隙』が生まれるのだ。

しかし、それでもジュナは立ち上がる。

(ふざけんな……魔術師って魔術以外はただの人間だろ⁉　ちょっと痩せるために鍛えてましたとかってレベルじゃねぇぞ⁉)

何度拳を叩きつけたか。

並の兵士であれば一撃だけで意識を刈り取れる。あの屈強なスミノフでさえ三発も叩き込めば倒れるのだが、ジュナに関してはそうはならなかった。

不思議だ。同時に驚愕《きょうがく》という形で頭に混乱が生まれる。

そう思った瞬間、ふとアレンの肌に小さな風が触れた気がした。

何故《なぜ》かは分からない。アレンは直感が警報を鳴らしていると感じ、反射的に身を反ら——


ブォォォォォォォォオオオオオオオオオッッッ！！！っと。

頭上を吹き抜けた風の先が何故か真っ赤に燃え上がった。

「はぁッ!?」

「……へぇー。今の、避けるんだ」

燃えたことに驚くアレンの足を、ジュナははらう。

咄嗟《とっさ》にアレンが距離を取り、そのタイミングを見計らって体勢を整えた。

「今の何!?　あそこに予《あらかじ》めタネと仕掛けを用意してましたよマジック!?」

「……ううん、私の魔術。マジックじゃないよ？」

「初めて見たサーカスに驚いた子供じゃねぇよ分かってるよそんなこと！　俺が聞きたいのはどんな魔術かって話だ！」

もしもあれが魔術による攻撃だとすれば、一体どんなものなのか？

いきなり周囲を燃やしたわけではない。どちらかといえば燃やす気はなかったけど燃えてしまっただけ。

では誰を狙ったのか？　言わずもがな、もちろんアレンだ。

しかし、魔術の予兆などまるでなかった。

炎が生まれたのなら赤い景色が見えるはず。だが、先程は違和感も変化もなかった景色に少しだけ風が吹いた程度で――

「……私の炎、無色に変えられる」

「ムフフな本じゃなくて今一番隠してほしくなかったやつを隠しやがったこいつッッッ！！！」

その一言がどれだけ恐ろしいか。

何せ、いつどこから来るかも分からない魔術へと変貌しましたとご丁寧に言っているようなものなのだから。

「……じゃあ、もう一回行くよ？」

「てめぇ、マジックをしたあとぐらいもう少し客席に余韻を与え……ッ!?」

アレンの肌に風が触れた瞬間、その部位から避けるよう身を転がす。

見えない攻撃を避けられるのは持ち前の戦闘スキルのおかげ。

しかし、その先まで対処しろというのは酷な話だ。

転がった先で、ジュナの足が容赦なく振り抜かれる。

「ぐぅ……！」

咄嗟に腕でガードをするものの、一瞬ではない接触に皮膚が焼けただれてしまった。

血など出ない。ただただ鳥肌が立つような絵面が露出するだけ。

「……必死だね、君」

一拍休憩を挟むかのように、痛みを堪《こら》えるアレンを見てジュナは口にする。

「……魔法国家で魔法を学んだわけでもないのに、その若さで魔術師にまで至ったってことは必死に頑張ってきたからだと思う。もちろん、才能もある。けど、戦った私には分かるよ……君は必死に頑張ってきた。それは今も」

「…………」

「……同じ魔術師として素直に尊敬する。環境が違うのに凄《すご》いな、って。でも、どうしてそこまで必死に頑張るの？　多分、このままだと死んじゃうよ？」

それは驕《おご》り故か、それとも純粋に心配しているのか？

ジュナは疑問に染まった瞳をアレンに向けた。

しかし、そんな疑問を笑って否定するかのようにアレンは鼻を鳴らす。

「ハッ……いきなり何を聞くかと思えば、お見合い相手の趣味じゃなくてそんなことかよ。くっだらねぇ」

アレンは笑みを浮かべたまま、さも当たり前といったように言い放った。

「男が必死になる理由なんて、誰かを守るために決まってるじゃねぇか」

騎士が剣を振るのも、魔法士が魔法を学ぶのも、護衛が体を鍛えるのも。

全て……決まって誰かを守るための力がほしかったから。

世界征服をしたい？　誰にも馬鹿にされたくない？　周りからの畏怖や地位を手に入れたい？

それこそ鼻で笑ってしまえ。

自己満足を追求するために磨く力など、前提として男であればあり得ない。

何せ、拳を握った自分の後ろには自分の帰りを待つ守りたい者がいるのだから。

「そんで、男が必死になる時は誰かを助ける時だ」

「………………」

「そういう風にできてんだよ、男は。ない見栄《みえ》を張って、痛いのを我慢して、辛《つら》いと泣いてしまいたいのを堪えて、そんで最後に姫の前に立ってこう言うんだ――――」

さぁ、帰ろう。と。

とびっきりの笑顔を添えて。

それだけのために、男《アレン》は拳を握る。

平和な日常を謳歌《おうか》したくても、さっさと国を出てトンズラしたいと思っていても、遊んでばかりの時間を過ごしたくても。

結局、アレンは戦場《ここ》に戻ってくる。

だって、自分は守りたいと思える人間がいる男なのだから。

「……素敵だね。あなたに守られる人は、きっととても幸せ者なんだと思う」

「そう思ってくれるなら男冥利に尽きるってもんだ。いつかお前がそっち側《守りたい》に回ってくれることを祈るよ。美女は大歓迎なんだ」

「……残念。私はそっち側《守りたい》にいるような女の子じゃないから」

アレンにとってこの戦いは優しい少女と、助けを待つ少女を守るためにある。

利益も利権も財産も資源も名誉も栄誉も名声も地位も人望も愛情も人徳も充足も敬愛もいらない。

最後に、守ってやりたい女の子が笑っていればそれでいい。

本当に、それだけでいいのだ。


「早く終わらせようぜ、賢者の弟子。俺だって白馬に乗って現れる王子様《ヒーロー》ポジを狙ってるんだからさ」


相手にどんな目的があってどんな策謀があろうが、知ったことじゃない。

それだけのために、アレンは拳を握る。

その瞬間、アレンの周囲一帯に青く鋭い雷が降り注いだ。


――――ジュナ・メーガスには類まれなる魔法の才能があった。

かつて世間を騒がせ行方を眩《くら》ませたセレスティン伯爵家の神童よりも、ジュナの才能は目を引くものであった。

魔法を学びだして一年も経《た》たずに魔術師へと至る。

その早さは現在の賢者をも上回り、賢者に興味を持たれるようになったのが弟子になった経緯だ。

属性は赤、先駆するのは『焔《ほむら》』。

自身を炎へと変換し、いついかなる時でも炎を生み出せるのが彼女の魔術。

触れたものは高温によって焼かれ、炎の色を無色に変えることによって不意の一撃を作り出す。

今や、魔法国家の中では賢者の次に実力がある者だ。

——それ故、退屈だった。

簡単に言ってしまえば、飽きたのだ。魔法に。

魔法を極めた、学ぶことなどもうない。遠巻きに魔術を放っていくだけで戦いに勝ってしまう。

これのどこが楽しいのか？　こんなの、ババの場所が分かっているババ抜きと同じではないか。

もっと肉躍る、血沸く高揚がほしい。

戦いに、スリルと興奮を求めていたい。

そんな時に現れたのが、彼だった——

「……ははっ」

ジュナは目の前の光景に思わず笑ってしまう。

迸《ほとばし》る雷が彼の周囲を覆い、その中で拳を握っている。

……流石《さすが》に、これに当たったら無事じゃいられないよなぁ。そんなことを思いながら。

「……でも、素敵」

面倒臭いだけの遠征かと思っていたが、今日は来てよかった。

己の胸の内が、まるで恋に落ちたかのように沸き立っている。

この興奮は、もうどこに行っても味わえないものだろう。そう思わせる何かが、王国の英雄と呼ばれる青年にはあった。

「四方に己と直結させる魔術を配置。これなら、どこからご自慢の見えない魔術で攻撃されても対抗できるだろ？」

風が吹けば雷の壁は反応する。

それを超えるほどの威力であれば雷は揺れ、全神経を触覚に委ねるよりかも早く行動に移すことが可能。

なるほど、いい考えだ。

しかし、それだと距離を取って威力の高い攻撃を繰り返していけばいつかは内にいるアレン諸共《もろとも》消し飛ばすことができる。

……多分、アレンには余裕がない。

時間が迫っているからでもあるだろう。ジュナの攻撃によるダメージが予想以上に蓄積している。

勝つために行動するのであれば、今から距離を取っていつものように遠くから魔術を放ってしまえばいい。

(……ううん、それだと面白くない)

ジュナは拳を握る。

アレンと同じように、自分の周りへ炎の壁を生み出しながら。

「……ねぇ」

「ん？」

「……これでもし私が勝ったら、結婚してよ。きっと強くてかっこいい子が産まれる」

自分だってそれほど余力があるわけではない。

アレンの雷を何度も体に浴びているのだ、次も大丈夫かと言われれば自信がない。

それでも、己の高揚のまま行動するのであれば、この瞬間、この状況、避ける選択などあり得なかった。

「いいぜ。どうせ負けたら捕虜確定なんだ……その代わり、快適な引き籠り生活を用意してくれよ？」

まぁ、負ける気はないけど、と。

アレンは拳をジュナに向けた。

――その瞬間、アレンとジュナの壁が衝突する。

そしてジュナとアレンの拳もまた、同様に鈍い音だけ残してぶつかった。

これは、押し負けた方が負ける戦いだ。

純粋な魔術の性能と、己の筋力の強さ、忍耐の強さ。

アレンの拳は焼けただれる。ジュナの体は常に雷に苛《さいな》まれる。

これほど正面切っての力比べなど久しぶりだ。満たされるだけの感覚がジュナの体いっぱいに広がった。

だけど――

「楽しむだけじゃ、そもそも何か背負ってる男には勝てねぇよッッッ！！！」

拳を振り抜けたのはアレンであった。

ジュナの拳は押し負け、体が大きく仰《の》け反《ぞ》る。

空いた胴体はまるでサンドバックのように殴りやすいものへと変わっていき、アレンの拳が鳩尾《みぞおち》へ思い切り吸い込まれた。

「……ッ！」

吹き飛ぶことはない、ただくの字に折れ曲がるだけ。

燃えるような自分の体に、そっと温かいものが触れているような感覚を覚える。

それがアレンの体であり、自分が寄りかかっているのだと気がつくのには少々時間がかかった。

「……ふふっ、負けちゃった」

ジュナの体が、どこにでもいる女のように冷たくなった。

それは意識が薄れていっているからであろう。

もう、自分の足で立つなんて無理だと反射的に思ってしまうぐらいには体が限界を迎えていた。

「付き合ってくれてありがとな」

アレンはそっと傷つけないようにジュナの体を地面へ寝かせた。

「……満足したから、いい」

「ほんと、戦闘狂な性格は直した方がいいぞ？　うちのスミノフみたいに結婚できなくなっても知らないからな」

だけど、介抱することはない。

ゆっくりと、重たい足を引きずるかのようにジュナの後ろを進んでいく。

「姫様のところへ向かうよ。生憎《あいにく》と、このままだと俺達《たち》は勝ったことにはならないんでね」

アレンは少女を助けるために足を進める。
どれだけ満身創痍《まんしんそうい》になろうとも、どれだけ意識が飛んでしまいそうになっても。
迷うことなく進んでみせる。
薄れゆく意識の中、ジュナはその背中を眺めた。
（……あぁ、やっぱり）
かっこいいなぁ、と。
ジュナは最後にそんなことを思いながら意識を放棄した。
「ったく痛てぇな……ほんと、男って損な生き物だよ」
――――王国の英雄と賢者の弟子。
その戦いは、英雄の勝利という形で幕を下ろした。

◆◆◆

モニカの頭の中には「引き下がってほしいなー」という楽観的な考えがあった。

別にこの戦争に大きな執着があるわけでも、魔法国家の利益のために身を粉にして働こうと思っているわけでもなく、報酬とかつて学友だったセリアと再会したいためだけにここにいる。

つまり「行けよ」と言われただけの戦いであるが故に、無意な戦闘はしたくないのだ。

相対しているのは連邦の黒軍服。

自分のように魔法を極めている魔術師ではなく、どこにでもいるような女性。

ただ違うのは、奇怪で意味不明な兵器を使って自分を殺そうとしていること。

まだ、王国の英雄と戦うよりかはマシと言えるが、それでも面倒で死ぬ可能性があるということは変わりなかった。

だから、避けられるものなら避けたい。

何故《なぜ》なら、こちらは別に連邦の目的を阻害しているわけではないのだから。

魔法国家と神聖国の邪魔をしなくても、連邦の目的は達せられる。

向こうも魔術師とは戦いたくないだろう。

だったら、ここで無意な戦闘は避けようと思うは——

「さて、無駄話は終わったかな？」

「ッ!?」

だけど、ライカは銃口を向けた。

急いで草木の壁を生み出すと、そこに鉛玉が突き刺さる。

「なんで!?　別に好きにしていいって言ったのに！　連邦は邪魔な教会を潰せればそれで

いいんでしょ!?　鉱山だってちゃんとセットで引き渡すのに！」

「やれやれ、お偉いさんは利益ばかり口にすると言っていたが……君も大概、利益のことしか口にしないね」

草木の壁から鋭利な蔦《つた》が襲ってくるが、ライカは顔色一つ変えずに撃ち落としていく。

「でも、理に適《かな》ってるから……ッ！」

「違う、そうじゃないんだ……これは利益以前の合理の話なんだよ、魔術師」

「合理……？」

「そう、合理だ」

怪訝《けげん》そうな顔をしながらも、モニカはあらゆる角度から蔦で狙っていく。

それを顔色一つ変えないライカが撃ち落とし、言葉を続けていった。

「こう見えても、統括理事局は色々な派閥があってね。当然、一つの会議ですらドロドロ、嘘《うそ》や虚像を語るのは当たり前だ。それ故に、必然的に相手が嘘をついているかはある程度見抜けるようになった」

連邦とて一枚岩ではない。

それどころか魔法国家や神聖国、帝国に比べれば自国内での探り合いや蹴落とし合いは日常茶飯事。何せ、色々な小国が集まってできた大国だから。

そこの頂点の席に座るライカもまた、あらゆる思惑を抱えていて、そういう輩《やから》と接する機会も多かった。

それに比べれば、力だけを身につけた少女の言葉など薄っぺらく軽いものだ。

嘘をついているのかなど一発で見抜ける。

「君の話は本当だろう。ここで銃をしまってゆっくり先へ進んだところで、きっと我々の目的は達成される。もちろん、君達の勝ち筋の先にある目的とやらも達成するだろう。恐らく、被害を被るのは王国……というより、あの聖女かな？　そう考えると、ある意味王国もまた被害を被るかもしれん」

「そこまで分かっていて……もしかして、あの王子に絆《ほだ》された？」

「否定はしないがね。あのような男は、女の目にはそこいらの人間よりかは魅力的に映るよ——だが、言っただろ？　これは合理の話なのだと」

片手で銃を持ち直し、懐からまたしても手榴弾《しゆりゆうだん》を取り出す。

それを見た瞬間、モニカは反射的に草木の壁を生み出した。

「君の話を聞く限り、どう転んでも我々の目的は達してしまいそうだ」

ライカは躊躇《ちゆうちよ》なくまたしても手榴弾を放っていく。

その数は……五つ。

「だったら王国側につくのは当然な考えだと思うがね？　何せ、弱小国よりも大国、二つに、損害を与えられた方が連邦は優位に立てるのだから」

「あぁ、もうっちくしょう！」

起爆。それと同時に、草木の壁は崩壊する。

そう、これは合理の話だ。

情や肩入れの話ではなく、どちらを傷つけた方が連邦にとって美味《おい》しい状況になるのか。

弱小国に利益を与えたところで連邦の脅威にはならない。

でも、大国に利益を与えてしまったら？　もしかしなくても、この拮抗《きっこう》が崩れてしまうかもしれない。

だったら、蹴落とすとすれば大国二つ。そういう考えに至って当然の話なのだ。

故に、ここで相対を終わらせる理由は……ない。

「少し、面白い兵器を見せてやろう」

ライカは持っていた銃を放り投げる。

そして、懐から新しい銃を一丁取り出した。

「これは普段使っている銃とは少々勝手が違ってね。発砲するまでに手間がかかるんだ」

鉛玉……ではない、先の尖《とが》った金属の塊。それを先に曲げた銃に入れ、あとから火薬を入れていく。

それが今までと何が違うのか？　モニカは当然分からない。

しかし、銃から発せられる銃弾は残念ながらモニカの目では追いきれなかった。

そのため、見て避ける……などという芸当はできない。

故に、モニカは新たに草木の壁を構築していく。

その隙に、ライカの周囲へ草木の波をもう一度生み出して襲わせた。

「手間だろう？　こんな工程をへていれば、今のように敵に狙われる隙を作り出してしまう」

だけど、その前に——

「ただ、それ以上のメリットがあるのだから、使わざるを得ないのだけれどね」

——モニカの草木に、銃弾が直撃した。

一点違うのは……草木の壁を貫通し、モニカの肩口を貫いたことだろう。

「がッ！！！？？」

何故か、草木の壁も襲ってくる波も塵《ちり》と化した。

その理由は至って単純——術者が魔術を維持できなくなったからだ。

肩を抉《えぐ》られた程度では、術者はおろか普通の人間ですら致命傷にはならない。

出血多量という場合を除いて、肩口にどれだけ傷を与えようが本来であれば魔術師を倒すことは不可能のはず。

　しかし、モニカは倒れた。

　体を震わせながら、傷を押さえようともせず痙攣《けいれん》する姿を見せるのみ。

「この銃弾には少々強力な麻痺《まひ》毒が塗られているんだ。銃弾を尖らせているため貫通性にも優れているし、魔術を無力化する場合にのみ有効な銃なのだよ。もっとも、今回は君の魔術の壁が破れなくて少し苦労していたから使わせてもらったのだが」

「が……ァ」

「これで私の勝ち。どうだい、油断して芸をあまり見せなかった君からしてみれば面白い結果になっただろう？」

　ライカはゆっくりとモニカの下へ近づく。

　この戦闘の結果など、言わずもがな明白。

　あとは普通の銃で眉間をぶち抜いてしまえばこの戦いはお終《しま》いだ。

　それが分かっているからこそ――

「……ア……に」

「ん？」

「セリア、ちゃん……に、ごめん……って。見捨て、て……ごめん……って」

　モニカは動かせない口を必死に動かして、最後にそう口にした。

　それは懇願であり、伝えられないからこそ今のうちに。そういうものだった。

それを聞いたライカは小さくため息を吐《つ》くと、勢いよく首筋に手刀を落とした。

「最後の言葉など敵に任せるものじゃないぞ、魔術師。生憎《あいにく》と、私は彼みたいに優しくはない」

モニカはそれを受けて意識を失う。

「だが、止血ぐらいはしてやろうじゃないか。その方が、君も後悔を払拭できるだろう？」


——こうしてまた一つ、戦闘が終わる。

連邦の統括理事局、第五席の勝利という結果で。

◆◆◆

セリアと聖騎士の戦いは、アレンのケースと同様少し意外な形で進んだ。

とはいえ、互いの利を放棄したアレン達《たち》の戦いとは違う。

——互いに利を最大限に活《い》かした戦闘。

聖女がいる限り死ぬことが許されない聖騎士と。

自身の体を霧状に変化させ、物理的な攻撃をよしとしない魔術師。

互いが互いを殺せない。

殺す手段が確立されず、ただただ時間のみが過ぎていく戦闘。

このままいけば双方決着がつかないまま戦闘が終わる――――なんてこともあり得た。

だが、それは上辺だけの情報でしかなく、その中での予想でしかない。

少なくとも、聖騎士側はこの戦闘による勝ち筋を上辺だけでなく最深で捉えていた。

(辺り一面をずっと覆っている霧……)

ユリウスは一層視界の悪くなった状況の中、冷静に判断を脳内に下していく。

(恐らく、自身の姿をカモフラージュさせるために広げているのだろうが、相当な魔力を使用しているはず)

魔術師であろうが、魔法士であろうが、魔法や魔術を使う際は必ず体内に存在する魔力を使用していく。

個々によって強弱こそ差はあるものの、それは有限であって無限ではない。

故に、こうもところ構わず魔術を展開していけば、いずれは魔力が底をついて魔術が発動できなくなってしまう。

それがいつまで続くのか？

刻一刻と立ち去ったザックを追いかけるための時間が削られていく現実は歯痒《はがゆ》いが、生存という二文字だけであればユリウス達聖騎士に負けはない。

何せ、聖女が生きている限り死ぬことはないのだから――――そこに有限はなく、聖女が死なない間は無限。

どちらが先にくたばるかなど、火を見るよりも明らかであった。

「てめェ！　いい加減にまともに戦いやが……れッ!?」

横にいるキースの喉元が抉られる。

視線をすぐに向ければ、氷の短剣を持ったセリアがキースの背後に回って首を掻《か》き切っていた。

さっきからずっとこれだ。

王国の魔術師は短刀で切りつけるだけというヒットアンドアウェイばかり繰り返している。

こんなことをやっていても意味がないのに。

いや、時間稼ぎという面では最善だろう。加えて、聖騎士にだって痛みはある。何度も何度も致命傷を負わせて心を折る……そういう戦術なのかもしれない。

だが、その程度で折れる人間ではないのが聖騎士だ。

聖騎士とはどんなことがあっても主人である聖女を守るものである――――拷問や死など、役目を与えられた瞬間に克服した。

となれば、時間稼ぎさえすれば自分達に負けはない。

（上にはもう一人聖騎士がいる……どうせ阻まれるのであれば追いかけるのは諦めて、確

実にこの女を始末することにしよう）

　この少女は間違いなく脅威だ。

　どの敵であっても、彼女ほどの相手はそうそう見つからない。

　故に、ユリウスはセリアに魔術を出させることだけを優先した。

「ッ!?」

　胸に短剣が突き刺さった。

　それでも、視界に現れた瞬間に剣を振るって魔術を維持させる。

　セリアに魔術を発動させていれば、必ず限界を迎えるのだから――

「かァ！　しゃらくせェ！！！　剣で切りつけるだけしか能がねェのかよてめェは!?」

　だが、忍耐を試されているのはセリアだけでない。

　何もできず、切られるだけで痛みが蓄積していく聖騎士もまた忍耐が求められる。

　キースは我慢の限界だったようだ。苛立《いらだ》ちの籠った表情を浮かべ、当たるはずもない剣を振り回す。

「落ち着け、キース。このままいけば勝つのは我々だ」

「だからといって落ち着いていられるかよォ!?　こうしている間にも姫様は――」

　その時だった。

　ガキッ、と。キースの剣が何かに防がれるように触れる。

「「ッッ！！？？」」

一体何が起こったのか？

そう思ったのは聖騎士である二人。

しかし、それも徐々に消えていく霧と……短剣を盾のようにして転がるセリアの姿によって理解させられた。

「ようやく魔力が尽きたな……」

聖騎士の二人は、転がっていくセリアの下に足を進める。

あれだけずっと魔術を行使し続けていたのだ。そろそろ限界がきてもおかしくないのは分かっていた。

二人の胸の内に安堵《あんど》が込み上げてくる。

一方で、セリアは転がっている際に口の中でも切ったのか、零《こぼ》れた血を袖で拭っていた。

「……先にガタがきてしまったのは私の方ですか」

「目に見えていた結果だろう？　死なない人間など、この世には聖騎士しかいないのだから」

セリアは唇を噛《か》み締めながら悔しそうに二人を見る。

持っていた短剣も原形を失い、溶けて水となっていた。これを見ただけで、もう彼女に魔力が残っていないことが窺《うかが》える。

「人のこと容赦なく切りやがって……覚悟はできてんだろうなァ、おいッ！」

「……貴様が姫様を救おうとしてるのは分かっている。だが、それでも貴様は現状助けるどころか脅威でしかない。故に、ここで始末させてもらおう」

容赦などしない。

ここで心優しい少女を殺してでも、守りたい人間がいるのだから。

剣を振りかざしたのはキース。

その彼も、セリアに対する容赦などなかった。

しかし――

「ふふっ、始末……ですか」

セリアは笑った。

先程の悔しそうな顔から一変して。

「あァ？」

怪訝《けげん》そうな表情をキースは浮かべる。

その瞬間――

激しい衝撃がキースを襲った。

具体的には、巨大な氷の塊によって背後から襲われた。

「がハッ!?」

キースが驚愕《きょうがく》の表情を浮かべたまま、今までとは比べ物にならない威力に白目を剝《む》いた。何度も何度も山道を転がり、止まった頃には動く様子すら見せずに地に伏せてしまっている。

「こ、これは……!?」

「別に、私の魔力は切れていませんよ？」

セリアの姿が一瞬にして消える。

そう思った頃にはユリウスの首元にか細い腕が入り込み、容赦なく絞め上げられていた。

「ッ!?」

「本当は時間稼ぎでもよかったのですが……私とて、プライドはあるのです」

殺せない相手に勝つにはどうすればいいか？

上辺だけの情報ではなく最深で捉えていたのは、何もユリウスだけではなかった。

――殺せないのであれば、一撃で意識を刈り取ればいい。

そうすれば起き上がってこない。

それどころか、殺さずに無力化できるという最善の構図ができ上がる。

そのためには、まずは自身の最大の攻撃を確実に叩《たた》き込まなければならなかった。

であれば、まずは油断させよう――例えば、魔力が枯渇したと見せかける、とか。

「私は英雄の隣に立ちたい女の子ですよ？　であれば、ここで時間稼ぎなど程度の低い目標など立てません……英雄の名に恥じないような勝利を。ご主人様のために、脅威となる人間は排除します」

「な、にを……！」

セリアの腕は首に完全に入り込んでいる。

ユリウスが肘でセリアを離そうと叩きを入れるが、実体を持たない体には無意味。

ただただ、意識が刈り取られる数秒をゆっくりと味わうのみだった。

「ご安心下さい、神聖国の聖騎士様――」

徐々に薄れゆく意識の中、ユリウスは耳元でこんな言葉を聞いた。

「あなたの姫様のことはご主人様が必ず救ってくれますよ。何せ……彼は誰も手を差し伸べてくれなかった私ですら救ってくれた英雄なのですから」

その言葉に信憑性《しんぴょうせい》も根拠もない。

足掻《あが》こうとも実体がない以上どうすることもできなかった。

だから、ユリウスは最後の最後に願う。

……姫様を、救ってほしい。

その願いに対する答えは、残念ながら途切れる意識が邪魔をした。

だが、意識が途切れる直前――任せてください、と。そう聞こえたような気がした。

――ここに、もう一つの戦いが幕を下ろす。

残るは、目的地である教会だけとなった。

◆◆◆

それぞれが戦いを終えた中、聖女であるソフィアは王国兵に背負われるがままようやく教会へと辿《たど》り着いた。

といっても、教会はすでに跡地。

連邦による爆破が想像以上に大きかったのだろう。ステンドグラスはあちこちに散らばり、残骸だけが景色を覆っている。

ただ、爆破されたのは上部のみのようで、崩れ切っていない入り口付近は遺跡のようにボロボロの状態で残っていた。

（きっと、ティナはそこにいます……よね？）

生きているのであれば、まだ空洞として機能しているそこにいるはずだ。

ライカの言う通り、聖騎士が常に聖女を守ってくれるために生きていると考えるのは妥当。

ソフィアは王国兵の背中から降りると、真っ先にそこへと向かった。

ただ一人、ザックだけはこの殺風景な空気に違和感を覚える。

（おかしいっす……人の気配が少ない）

もしここに聖女がいるのであれば、聖女を奪われないようにするために神聖国の兵や魔法士を配置しておくはずだ。

しかし、ザックの五感ではこの空間に立っているのは六人。ザック達《たち》を除けば三人しかいない。

それが違和感。

罠《わな》ではないかという思いが頭を埋め尽くした。

だが、そうであってもここにソフィアの妹であるティナがいる確率は高い。

せっかくセリアが身を挺《てい》して先に進ませてくれたのだ……罠だろうが、そこに奪還すべき人がいるなら足を踏み入れるべき。

ザックはソフィアを追い越して、まず先にと警戒しながら跡地の空洞に足を踏み入れた。

そして――

頭上に剣が振り下ろされた。

「ッ!?」

ザックは反射的に剣で防ぐ。

思った以上の重さに思わず後ろに吹き飛ばされてしまうが。

「ザック!?」

いきなり吹き飛ばされてしまったザックを見て、ソフィアは驚く。

そして、その驚いた先から……一人の男が姿を現した。

「どうして来てしまったんだ、ザック！！！」

ザックと同じ甲冑《かっちゅう》に、漆黒の短髪。

顔にありありと怒りが滲《にじ》んでしまっており、真っ先にザックへともう一度斬り込むために踏み込んだ。

そこへ一緒にいた王国兵が割って入る。

「身内同士の仲間割れなんかやめやがれ、女の子の前で！」

「部外者は黙っていろ！」

だが、それも聖騎士の一振りで吹き飛ばされてしまう。

ザックの時とは違い、力量差があったのか彼方《かなた》へと転がされていった。

（聖騎士がいます、となれば……ッ！）

こんな時でも、ソフィアは意外にも冷静だった。

それは傷つく人間を何度も見てきたからか。罪悪感が呪いのように目的を見失うことを阻害している。

ソフィアは周囲を見渡す。

すると、そこには――

「お姉、ちゃん……？」

「ティナ！」

艶やかなソフィアと同じ金の長髪。

あどけなく、幼さしか残らない顔立ちに薄汚れた修道服。瞳周りは泣き疲れたのか、どこか腫れている。

今もなお瞳に涙を浮かべており、ソフィアを見つけた時に向けられたのは潤んでいた不安だった。

ソフィアは思わず駆け寄った。

ようやく出会えた。あんな姿と顔をしているのならきっと不安だったのだろう。

それなら優しく抱き留めて頭を撫《な》でてやらなければ。そうしてアレン達と合流してこの場から離れるのだ。

そうすれば、ザックを襲っている聖騎士の人もきっと止まってくれるは――

「来ちゃ、ダメっ！」

どうして？　と、発する間もなくソフィアの足が止まる。

それは、ティナの背後から現れた一人の男の姿によって。

「おやおや、ようやく来ていただけましたね……聖女ソフィア」

男は祭服を着ていた。

ただの神父や司祭が着るものとも少し違う。聖女と同じ、特別な立ち位置にいる者にしか与えられないもの。

つまり――――

「候補者様……ッ！」

「お久しぶりですね、聖女ソフィア」

諸悪の根源。一連の戦争の渦中におり、妹を拉致して教会を建てさせた張本人。

ソフィアは珍しくも内々に苛立《いらだ》ちが込み上げてくる。こいつのせいで、と。

だが、それよりもティナの安全を確保するのが最優先であった。

「ティナを返してください」

「ほほう？　返すなど……まるで私が奪ったとでも言わんばかりではないですかのぉ、聖女ソフィア。それはカラスは白だと言っているようなものですぞ」

「カラスは黒です！」

「そう、黒です。つまりは、まぁ……私が嘘《うそ》をついている証拠があるわけでもありませい」

優しく穏やかな顔をしながら、祭服の男はティナの髪を掻《か》き上げて首筋を露《あら》わにする。

そこには禍々《まがまが》しくも黒い痣《あざ》のようなものが刻まれていた。

「呪印……ッ!?」

「ただまぁ……返して差し上げる、という言葉に嘘はありませんぞ。これでも候補者に選ばれるほど女神を慕ってきた大司教ですからな、聖女を傷つけるなどとてもとても」

人の首に呪印を刻んでおいてよくも言えたものだ。

呪印とは、対象に刻むことによって相手を死に至らしめるというものだ。

発動条件は術者の呪印がある部分をトリガーとして音を鳴らすこと。隠す気もないのか、それとも脅しか。

男の手にはしっかりと呪印が刻まれており、ティナの生殺与奪の権利は男が握っているのだと分かる。

「どうして、私がここに教会を建てたとお思いですか?」

優しい笑みを浮かべながら、候補者の男は語る。

「鉱山資源?　発展する土地での信徒の増強?　違います、前提が違いますよ。この戦争において、我々の勝ち筋の先はそこに設定されていないのですぞ。それどころか……この瞬間、この時にこそ目的を果たしたと言っても過言ではありませんがな」

「一体、何を……？　ティナを早く離してください！」

「おや？　まだ分かりませんか？」

　では分かりやすく言いましょう、と。

　祭服の男は優しい笑顔を崩して、ようやく現した下卑た笑みをソフィアに向けた。

「私の目的は聖女二人を手にすること、つまり……妹を殺されたくなかったら私の下に来い、聖女ソフィア」


　前提は、開示される。

空白地帯鉱山奪取戦Ｖ

この戦争の前提は――――ソフィアという聖女を手に入れることだった。

ここに至るまで、ソフィアの罪悪感は凄《すさ》まじく募っていた。

何せ、自分の願望によって巻き込まれた人間が次々と傷ついているのだから。

自分の我儘《わがまま》についてきてしまったザックに、時間稼ぎという体裁で先へ行かせてくれたセリア、身を粉にして守ろうと雄叫《おたけ》びを上げる王国兵、そして……助けてほしいと言ってしまったばかりに拳を握ったアレン。

元は、王国を巻き込んで妹を助けようとした。

優しい気持ちを押し殺してまで、身内の妹を助けたかった。

それでも、周囲の温かさと優しさがソフィアの罪悪感をより一層のものとさせる。

ここに至るまで、ソフィアの頭の中は申し訳なさでいっぱいだ。

せめて、彼らの優しさを無下にしないためにもティナを助けなければ。そう思っていた。

そんな時に、この戦争は自分が原因で始められたと聞いたら？

「あ、ぁ……」

心はきっと、もう持たない。

「あぁぁぁぁぁぁぁぁアアアアアアアアアアアアアアアアアアッッッ！！」

ソフィアの叫びが響き渡る。

蹲《うずくま》り、頭を抱えてガタガタと小刻みに震え始め、ついには嗚咽《おえつ》を漏らしてしまった。

「連邦は鉱山を奪取したいみたいだが、そもそも私達はこの鉱山に固執しておらん」

何せ、鉱山ではなく聖女が目的なのだから。

片方をおびき寄せられれば戦場など鉱山でなくてもよかったし、最終的に手元に来ることは分かっていた。

ソフィアは優しい女の子だ。

身内が拉致されれば、助けに行こうなどと考えるのは容易に想像ができる。

強いて予想外だったことを挙げれば、ソフィアが王国を巻き込んだことだろう。

ただ、それは些事《さじ》だ。相手は英雄がいるとしても弱小国。それに――

「聖女ソフィアが戦争を終わらせると口にすれば、すぐに戦争は終わるぞ？」

そう、あくまで今王国が手伝っているのはソフィアが戦争をしてまで妹を救いたいから。

もし、その目的が必要なくなれば？　すぐにでも手を引くだろう。何故《なぜ》なら、王国側には攻め入る理由がなくなるのだから。

仮に、王国が鉱山の利権を求めるために攻めているとしても、連邦同様鉱山を手放すことで全ては解決する。

わざわざ他国の介入を許してしまいそうな場所に教会を建てたのも、同じ神聖国の違う派閥の介入を避けるため。

聖女が拉致され、独断でソフィアが動いたと知っても、他国と戦争を始めようとしている遠い地であればおいそれと救出にも向かえない。というより、そもそもが事後になっている可能性が高い。

——結局のところ、ソフィアが候補者の男の前にやって来た時点で全ては終わっているのだ。

いくら王国兵と連邦軍が攻めてきても動揺を見せなかったのは、そもそも命の危険がないから。

ソフィアさえ手に入れれば、あとは「終わり」だと口にさせるだけで気持ちのいい散歩をしながら神聖国に帰ることができる。

そして、ソフィアは妹の命が握られているとなれば簡単に首を縦に振る。罪悪感と、妹の命の危険が同時に襲いかかってきているが故に。

(チッ、そういうことか……！)

ザックと剣を交わして迎撃しようとしている聖騎士の男は歯軋《はぎし》りする。

祭服の男が余裕だった意味を、ようやく理解する形で。

「ふふふ……あはははははッ！！！　聖女が二人、我が派閥に加われば教皇戦など勝ったも同義！　牛と獅子《しし》の構図が完成する！」

男の目的は、聖女を手に入れて教皇戦で有利に動くこと。

何せ、神聖国の象徴ともされる聖女が二人も手に入るのだ——信徒の支持がどちらに傾くかなど言わずもがな。

男の派閥にいる聖女はソフィア達《たち》を加えて四人。相手側はソフィア達が抜けてゼロ。

魔法国家が手を結んだのも、帝国の第二皇子に手を貸したのと同じ理由——神聖国のトップになる男に貸しを作れば大きな利子ごと返還されるからだ。

この戦争に兵士の損耗さえあれど国益に対する被害はない。

魔法国家も、連邦も、王国も。

たった二人の女の子を犠牲にするだけで、なんの遺恨もなく全てを終わらせられる。

だから——

「さぁ、言うのだ……聖女ソフィア」

男はティナの首筋を撫でながらソフィアに向かって口にする。

「私の下に来なさい。そして、これ以上君のせいで傷つく人を増やさないためにもこの戦争を終わらせるのだ」

最後の言葉は決定的であった。

呪いのようにさまよっていた心の負荷が、限界値を迎えてソフィアを縛り上げる。

脳裏に浮かぶのは、自分のために体を張ってくれた人。

そして――

『助けてください、って。そう言ったら俺達は喜んで拳を握るさ。何せ、俺らは利益よりも情を大事にする目も当てられない馬鹿共だからよ』

安心させるような笑みを向けてくれた、英雄の姿だった。

でも、来てくれるはずもない。

だって、自分は他国の人間で、陥れようとした最低な人間だから。

英雄なんて穢れた自分の前には現れない。

「わた、私……は……」

声が震える。

こんな命を簡単に弄《もてあそ》ぶような下劣な男を支持したくない。

だけど、罪悪感が……妹の命を天秤《てんびん》にかけられてしまっては取れる選択など一つしかなかった。

「あなた、を……」

言いたくはない。

ここで首を縦に振ってしまえば妹の命も、自分の命も、神聖国の未来もが薄暗く陰ってしまう。

それでも瞳から溢《あふ》れる涙が止まらなかった。

しかし、その言葉は最後まで紡がれることはなく――

「支持、しま……」

祭服の男の後ろにある瓦礫《がれき》が吹き飛んだ。

「なに、が……ッ！！？？？」

祭服の男がいきなり吹き飛んだ瓦礫に驚くも、自分の頬に続いて現れた拳がめり込んだ。

勢いよく転がった体は何度もバウンドし、しまいには周囲にあった瓦礫に衝突して土煙を上げる。

「よぉ、聖女様」

そして、そこから姿を現したのは――

「泣いてるより、笑ってる方がいいぞ？　その方が可愛《かわい》いんだからさ」

王国の第二王子。

どうすることもできず泣いている女の子に手を差し伸べる、満身創痍《まんしんそうい》の英雄《ヒーロー》であった。

◆◆◆

ただれた拳から激しい痛みが襲う。

思わず下唇を噛《か》んでしまったが、アレンの胸の内には安堵《あんど》が込み上げていた。

(間に合った……で、よかったか？　これで事後とかだったらケツ叩《たた》いて起こした白馬にドヤされるぞ)

だが、そういうわけでもないらしい。

目線の先には、膝をついて泣き腫らしているソフィアの姿。

そして――

「あ、なたは……？」

近くに、あどけなく可愛らしい修道服を着た少女。

顔はまんまソフィアを幼くしたような印象であった。

同じように泣いてでもいたのか、目元が思い切り腫れている。その目元を隠す様子もなく、潤んだ瞳がアレンへと向けられた。

「白馬の王子様……なんて言えたら万々歳なんだが、泣かせてる時点で世話ないわな。きっと、お人好《ひとよ》しな隣人さんって扱いになるんだろうよ」

「え……？」

「まぁ、簡単に言ってしまえば――」

アレンはしゃがんでティナの頭を優しく撫《な》でた。

「お姉さんに言われて君を助けに来た敵《ヒーロー》だよ」

この子がソフィアの妹だというのは分かっている。

ここまで容姿が似ていれば疑うまでもない。それと……首元にある呪印が、的確にこの状況を伝えてくれた。

「アレン、様……どうして？」

「なんで聖女様がそんなこと口にするんだよ？　俺はお前のお願いを叶《かな》えに来たんだぜ？」

お願いを叶えようと駆けつけたのに「あれ、来たんですか？」と言われてしまえば涙ものだ。

せっかくかっこいい演出を加えて現れても、ただ愉快でマヌケなエンターテイナーにしかならなくなる。

――ただ、ソフィアはそういう意味で言ったのではなかった。

こんな穢《けが》らわしい自分のために現れてくれるなんて思わなかったから。

妹を助けるために駆けつけてくれるなんて思わなかったから。

ただ、アレンが来た目的というよりも……見捨てられて当たり前だと、そう思っていたのだ。

けど、英雄《ヒーロー》は現れてくれた。

こんなどうしようもない自分のお願いを、叶えてくれるために。

「しっかし、聖女様の妹は本当に可愛いよなぁ……なに？　やっぱり重要ポジの女の子は美少女って相場が決まってんの？」

「あ、あのっ……」

「大きくなったら絶対お姉さんみたいな可愛くて綺麗《きれい》な子に育つだろうな。将来お兄さんが鼻の下を伸ばしても許してくれよ？」

状況が分かっているのか分かっていないのか。

呑気《のんき》なことを言いながら頭を撫で続けるアレンに、ティナは動揺が隠し切れなかった。

そんな時、瓦礫に埋まった先から音が聞こえてくる。

「王国の第二王子……来よったか」

祭服の男がゆっくりと体を起こす。

頬は腫れ、あちらこちらに転がった際のかすり傷が目立った。

「……しまった、魔術使うの忘れてた」

アレンは頬をかく。

ここまで急いで来た故に、魔術を展開するのを忘れてしまっていたようだ。

ジュナに向けた雷も今は体に纏《まと》っていない。

しかし、相手はご老体――魔術を使わずとも、かなりのダメージが与えられたようだ。

「して、今回はどのようなご用件ですかな？」

「言われねぇと分かんねぇのか、このご老体。年季が入って価値が生まれるのはアンティークだけだぞ？」

「年寄りは労《いたわ》るもの……という付加価値が生まれますぞ？　若者がどう思うかは知りませんが」

祭服の男はゆっくりと埃《ほこり》を払う。

加えて、優しく薄っぺらい笑みを浮かべた。

「しかし、候補者の一人である私を殴るなど……第二王子は戦争でも始めるのですかな？　私としては一向に構いませんが」

「もう戦争は始まってんだよ。どういう前提で始まったかは想像上でしか語れねぇが……それにしても、随分余裕じゃねぇか」

相手は満身創痍とはいえ魔術師。

魔術師を相手にしたなら、ただの老体ではあまりにも戦闘力不足だ。

それでも、柔和な笑みは崩れない――それもこれも、先程からチラチラ見える呪印が原因だろう。

「えぇ……何せ、この戦争はもうお終《しま》いなのですから……のぉ、聖女ソフィア」

「ッ!?」

わざと右手の呪印を見せるかのようにソフィアへボールを投げる。

それを受けて、ソフィアは今一度置かれた状況を理解した。

「……状況は理解しているつもりなんだが、あまりにも卑劣だな。女の命を手玉に取るなんて男の風上にも置けねぇ。少しはうちの部下を見習ったらどうだ？　あいつらは女のために命すら平気で張る男だぞ？」

「なんとでも。同じ人間には変わりありますまい。男と女で分けているようでは、差別をしているのと変わりませんぞ？」

「こういうのは特別扱いっていうんだよ。まぁ、枯れたジジイには女を口説き落とすスキルは不要かもしれねぇがな」

アレンの無駄口に、祭服の男は肩を竦《すく》める。

視線は相変わらずソフィアに向かったままだ。

言え、と。そうすればこの男が拳を向けることがなくなる。でないと、妹の命はないぞ。

そんな言葉が、張り付いた笑みに書いてあるようだった。

「わ、私は……」

ソフィアの声が震える。

言わなければいけない。そうでないと、妹が殺されてしまう。

だから、ソフィアは最後まで言葉を紡——

「言っておくが」

——ぐ前に、アレンが口を挟んだ。

「泣いている女の子に吐かせた言葉に、俺は聞く耳なんか持たねぇぞ？」

ティナという少女の命が握られているのは分かっている。

それでも、アレンはソフィアの言葉を聞かないと言った。

何故《なぜ》？　そんなの——

「お前が笑えないじゃないか」

ソフィアは思わず呆《ほう》けてしまった。

陥れたのに、そんなにもボロボロにさせたのに。

どうして、彼は私のことを救おうとしてくれるのか？

瞳から涙が溢れる。それは悔しさと絶望を孕《はら》んだものではなく……何があるのか、分からないもの。

ただ、少し——温かかった。

「……そんなことを言ってもよろしいのですかな？　王国には聖女ソフィアが戦いをやめ

れば戦争をする理由もありますまい？　それに、聖女ティナの命は私が――――」

「てめぇこそ、いいのかよ？　俺は魔術師だぞ」

　一歩、アレンは前に進む。

　呪印の対処法は、術者が解呪をすること。加えて、呪印が刻まれた場所を鳴らさせないこと。

「命を握る手段を得て余裕ぶっこいているところ悪いが、相手との実力差も分からないようじゃ――――」

　アレンは不敵な笑みを浮かべる。

「そんな腕、いらねぇだろ」

　その瞬間、祭服の男の腕に一筋の雷が降り注いだ。

「お、おぉぉぉぉぉぉおおおおおおおおおおおおおおおおおおおおっ！！！？？？」

　雷が迸《ほとばし》ったその瞬間、男の悲鳴が響き渡る。

　辺りに目が眩《くら》むような光が見えたかと思えば、決して嗅ぎたくもないような焦げ臭い匂いが充満した。

　いや、確かにその部分に驚くのも分かる。

　しかし、それよりも――――

「あ、れ……？」

ティナが首筋を触った瞬間、男の焦げた腕がボロリと崩れた。

「……消えてる」

呪印の解除方法などアレンに分かるわけもない。

何せ、そもそも他人に使用する機会などなかったし、使用しようとも思わなかったから。

ただ、腕に刻まれているのならその腕を落としてしまえばいい。

呪印は連動するもの。片方が消えればもう片方も消えるのは道理である。

「な、ぜ……ッ!?」

男は崩れた腕を押さえながらアレンを睨《にら》む。

「ここで王国側が戦争に参加する理由はないはず！　なのに、どうして私をッッ！！！」

「短絡的思考になってんぞ、ジジイ。その発言は必要な問答か？」

アレンは小さく息を吐いて肩を竦める。

睨まれていようとも、ただただ臆さず見つめ返す。

「そりゃ、聖女様が『戦争をやめる』って言えば俺達《たち》が戦争をする理由はない。連邦はともかく、俺達が戦ってたのはあくまで妹さんを助けるためで、加えて聖女様のお願いを叶えてあげるためだ」

「だったら……ッ！」

「ただ、俺らが戦争をするのはそれがきっかけであって目的じゃない」

アレンは少し離れた場所にいるソフィアを一瞥《いちべつ》する。

そして、ゆっくりと男の近くへと足を進めた。

「笑ってほしい……ただ、そんだけだ」

聖女であるソフィアにやめろと言われてやめるのか？

それが笑いながら言ったものであれば、アレン達は大声を上げてやめただろう。

しかし、口にされた言葉は震えており、泣いていたのだ。

そんな言葉を聞けるか？　また泣かせてしまうと分かっているのに？

それこそあり得ない――アレンが拳を握っていたのは、あくまでソフィアに笑ってもらうためなのだから。

「教皇戦なんか知ったことか。政治云々《うんぬん》は兄妹に任せてあるんだ……だが、チープな質問に対する回答はできたかね？」

「こ、の……王国の雑兵がッ！」

「その雑兵の力量を見誤るから物語のクライマックスが一瞬で終わるんだろうが。これじゃあ賢者の弟子と戦っていた時の方が熱かったよ」

だからもう喋《しゃべ》るな、と。

アレンは祭服の男の顎めがけて蹴りを放った。

それを受けて男は今度こそ地面へ倒れ込んでしまう。

その姿を目撃した聖騎士である二人が、それぞれ自分の主人の下へと駆け寄った。

「「聖女様!!」」

主人であるティナの命が弄ばれないのなら、ザックと戦う必要もない。

加えて、倒れている男に加担する理由もなくなった。

安堵《あんど》感でいっぱいになっている聖騎士に囲まれたソフィア。彼女はおぼつかない足取りでザックの側《そば》を離れると、最愛の妹の方へと向かった。

「お姉、ちゃん……」

「ティナ……」

姉の顔が視界に入る。

その瞬間、ティナの目元に大きな涙が浮かび上がった。

そして、衝動のままソフィアの胸へと飛び込む。

「ごめん、ごめん……なさいっ！　私が、ついて行ったりしなかったら……ッ！」

泣き出す妹の頭を、ソフィアは優しく撫《な》でる。

慈しむように、安心させるように、自分の喜びを体現するかのように。

「よかったです、本当に……よかったですっ」

そんな光景を見てアレンはホッと息を吐《つ》くと、祭服の男の襟首を摑《つか》んで足を進める。

最後は呆気《あっけ》なく終わってしまったが、今の二人は明らかにエンディングに相応《ふさわ》しい。

感動の再会。妹を助けるために遠い地へとボロボロになりながらも進んだ少女が報われる瞬間。

（……あの姿さえ見られれば満足だろ）

せめて、うちの人間にこの光景を見せてやりたかったと。

アレンは笑みを浮かべながらも男を引き摺《ず》ってその場を離れようとした。

込み上げるのは安堵。

加えて、引き摺っているこの男をどうするべきかと頭を悩ませていた。

（さーて、こっから楽しい楽しい下山祭りかねぇ？　さっさとセリア達に合流して暖かい毛布とふかふかの枕に顔を埋《うず》めた――――）

その時だった。

パフッ、と。アレンの背中に温かい感触が襲い掛かる。

「アレン様……」

ソフィアが抱き着いてきたのだと理解するのにそれほど時間は要しなかった。

かっこよく黙って立ち去ろうとしたんだがと、アレンは苦笑いを浮かべながらソフィアを離して向き直った。

「どうした、聖女様？　あんまり甘えん坊さんだと、妹に失望されちゃうぞ？」

「あ、あの……その……」

何かを言いたそうにするソフィア。

言いたいことはいっぱいあるのに、なんて紡いだらいいのか分からないといった様子なのは見れば分かった。

アレンは仕方ないなと、ソフィアの目線に合わせてそっと頭に手を置いた。

「もしも、こんな見た目の俺にお礼でも言いたいんなら前置きなんかいらねぇよ」

「ッ!?」

白馬の王子様が現れた時に投げかけてくれる言葉など多くはいらない。

たった一言。それだけで――

「ありがとう、ございます……」

王子様《ヒーロー》は、報われる生き物なのだ。

「ありがとうございますっ！　妹と……私を助けてくれてっ！」

ソフィアの嬉《うれ》しそうな満面の笑みが向けられる。

先程の顔など比べ物にならない、心の底から喜びが湧いてきたのだと分かる顔。

それを受けて、アレンの胸の内には確かな達成感が込み上げてきた。

(ほんと……男って損な生き物だよな)

たくさん傷ついて、目に見える利益なんかなくて。

それでも、女の子の嬉しそうな笑顔を見られただけで満足してしまうのだ。

難儀……以外の言葉がどこに浮かぶ？

アレンはもう一度苦笑いを浮かべながらも、ソフィアの目元に浮かんだ涙をそっと拭った。


——ソフィアという聖女を手に入れるために始まった戦争。

ここで一つ、本当の意味での幕を下ろす。


「あのっ！　腕……腕、治しますっ！」

「うっそ、治せるの？　超助かる！　しっかり締めてかっこよく終わらせようとしたんだけど本当に痛かったのよさっきから！！！」

◆◆◆

ザクリ、と。

焼け焦げた周囲の土を踏み締める音がモニカの耳に届いた。

ふと視線だけ横に向けると、そこには戦場は場違いと言ってもいいメイド服を着た美しい少女の姿があった。

「お久しぶりですね、モニカさん」

「……セリアちゃん」

起き上がってちゃんと顔を見たい。

だが、それでもまだ体が動かせなかった――流石《さすが》は連邦ご自慢の兵器といったところか。痺《しび》れが取れる気配もない。

「どうして、わざわざここに……？」

「どこぞの黒軍服があなたがここにいると連絡してきたからですかね。まぁ、大部分は敬愛するお馬鹿さんが無事かどうかですけど」

「……敵国なのに優しいなぁ、あの人」

戦場の終幕でも感じ取ったのか、モニカ達の周辺では戦いなど起こっていなかった。

倒れ伏す者、下山する者、治療を受けている者、それぞれが周囲に広がるだけ。

少し前まで聞こえていた激しい喧騒《けんそう》も今では耳に届かない。

「そっかぁ……」

何を言おうか。モニカは頭の中で考え込む。

ここに来てセリアと話そう……などと考えていたのに、いざ実際に相対すると中々面白いことに言葉が纏《まと》まらなかった。

「それにしても、魔術師になれたのですね。学園での成績はそこまでよろしくはなかったと思いますが……」

「あはは……まぁ、馬鹿だったからなぁ。ただ、頑張らなきゃって思って必死になってたら魔術師になっちゃったんだ」

「頑張らなきゃ……？」

「うん……」

モニカは申し訳なさそうに口にする。

「負い目、だよ」

「はい……？」

「セリアちゃんに対する……負い目」

もしもあの時、権力に抵抗してでもセリアを見捨てなかったら。

魔法国家のためだと友人を売らなければ。

そんな感情が、モニカを魔術師までいたらしめた。

「ごめん……あの時、セリアちゃんを見捨てちゃって」

「………………」

「……だから、いいよ」

何を、とは言わない。

目立った外傷こそどこぞの優しい黒軍服が止血してくれたものの、今のモニカは体一つ動かせないほど無力な生き物だ。

殺《や》るなら今で、モニカもそれを許容していた。

だけど――

「しませんよ、そのようなこと」

「えっ？」

「私は疲れているんです。先程までしっかりと神聖国の聖騎士を相手にしていたのですから、早く帰って膝枕をされたいのですよ私は」

その言葉に、モニカは呆《ほう》けてしまう。

「なん、で……？　恨んでないの……？」

「それはもう、魔法国家のあまねくものを私は恨んでいます」

人体実験に使おうとしていたこと、見捨てたこと、いたぶってきたこと。

それらを許せるほど、セリアは優しい少女ではない。

ただ、それ以上に――

「彼に出会えたこと……それだけは感謝していますので」

吹き抜ける風がセリアの髪を靡《なび》かせる。

ドレスで着飾っているわけでもない、化粧しておめかしをしているわけでもない。

それなのに、今の彼女は見蕩《みと》れるほど美しかった。

「それに、わざわざ私に謝罪をしに戦場まで来た友人を殺すほど残忍になったつもりはありません。トータルではマイナスですが、少しだけ好感度が上昇したので首を絞めることだけはやめて差し上げましょう」

恨んでいてもおかしくはないのに、セリアは自分を殺そうとしない。

モニカは一瞬わけが分からなかった。

だけど、その言葉がもしも本心から出てきた言葉なのなら――

「ねぇ、セリアちゃん……」

「なんでしょうか？」

「今、幸せ……？」

その問いにセリアはお淑《しと》やかで柔らかい笑みを浮かべ、そっと目に手を添える。

そして、色の変わった双眸《そうぼう》のままこう口にするのであった。

「えぇ、幸せですよ」

紛れもない本心。

それを受けて、モニカは泣き出しそうに顔を歪《ゆが》めた。

「そっかぁ……今のは一番効くなぁ」

「噛《か》み締めてください。もう、私は今更あなた方からの救済は必要としておりませんので」

モニカの頭に、あの青年の顔が浮かび上がる。

一瞬しか顔を合わせなかったが……きっと、雷の魔術師こそ、セリアを救ってくれた張本人なのだろう。

自分達《たち》が見捨てたその先で、ちゃんと手を差し伸べてくれた男。

もう、自分はセリアの中には入れない。

それが一番の罰なような気がして……モニカは酷《ひど》く胸を抉《えぐ》られた。

「では、戦争はどうやら終わったみたいですから、さっさと魔法士を連れて帰ってくださいね」

そう言って、セリアは踵《きびす》を返す。

その背中を、モニカは泣き出しそうになるのを堪《こら》えながら見送った。

しかし――――

「あぁ、そうです」

何かを思い出したかのように、セリアの足が止まった。

「今度、また昔みたいにお茶会でもしましょう。ゆっくりお話しするには、ここだと些《いささ》か落ち着きませんので」

モニカの瞳から堪えきれなくなった涙が溢《あふ》れる。

自分のしたことは今更償うことも取り返すこともできない。

だけど、一歩だけ……壊れた関係が戻ってくれたように感じた。

「うんっ」

セリアは泣いているモニカを一瞥《いちべつ》して笑みを浮かべると、今度こそその場から立ち去った。

吹き抜ける風が心地よく、見上げる青空がどこかいつもより澄んで見える。

「……ここで死んじゃったら笑えないなぁ」

ちゃんと家に帰ろう。

モニカは滲《にじ》む視界に映る青空を見ながらそんなことを思った。

◆◆◆

空白地帯で行われた鉱山奪取戦。

王国は聖女であるソフィアの妹を無事に救出することができ、魔法国家と神聖国は幾何《いくばく》かの捕虜を残して撤退。

鉱山の利権も王国と連邦とで折半。此度《こたび》の戦争において、どの国が勝ったかなど言わなくてもいいだろう。

王国の目的も果たせた。

連邦も邪魔な教会を潰し、折半とはいえ鉱山を手にすることができた。

しかし、そこでは終わらない——

「それだと、我々の目的が果たせないじゃないか」

鉱山から連邦方面へと離れた場所にて。

黒軍服の少女は葉巻を吹かしながら少し大きな岩へと腰を下ろしていた。

視線を向ける先には、先程まで戦火が広がっていた鉱山。遠目からでも教会の残骸らしきオブジェが見え、草木も焼き払われたかのようにところどころがこげ茶色に染まっている。

環境破壊にならないといいが、と。ライカは口元に笑みを浮かべて葉巻を地面へと捨てた。

「第五席」

その時、突然ライカの下へ軍服の人間が何人も現れる。

その内の一人。彼の手は、ライカと同じ色の軍服姿の男の襟首を摑《つか》んでいた。

「あの魔術師は面白いことを言っていた。何やら我々がどう転んでも目的は達成できる、みたいなことを」

ライカは岩から降り、ゆっくりと軍服の方へと歩いて行く。

「ただ、あの魔術師は前提を正しく認識していただろうか？　いや、してないだろうな。でなければ、あの時あそこまで動揺は見せなかっただろう」

この戦争。

王国は聖女の奪還、及び鉱山の占拠。

神聖国は聖女ティナの奪取。

魔法国家は神聖国の勝利で終わらせること。

連邦は教会の破壊、及び鉱山の占拠――――ではない。

「少し前提を遡ろう。そもそもの話だ……どうして魔法国家と神聖国は新しい鉱脈を見つけたのか？」

空白地帯とはいえ、そこは連邦と王国の間にある場所だ。

モニカが言っていた――――こんな場所などいらないのだと。

いらない場所であるなら、そもそも新しい鉱脈を探す必要などないではないか。見つけたところで宝の持ち腐れとなり、遠征にかかるコストがそれこそもったいない。

戦争を起こそうとした場所が鉱山だという理由は分かっている。

鉱山であれば各方面からの勢力が入り乱れ、他の神聖国の候補者の介入を防げる。大いに結構。

だが、見つけられた理由に関しては分からない。

どうして？　そんなの――――

「やはりいたみたいだね……裏切者殿？」

軍服の人間は摑んでいた男をライカの前へと放り投げる。

両手足を縛られているからか、男は不格好にもライカに見下されるような形で転がされた。

「ぐっ……第五席」

「いやはや、まさか本当にこの場にいたとは。もしかしなくても、戦争が終わったあとに魔法国家と神聖国から恩恵を受けるつもりだったのかね？　ダメだぞ、策士は常に後ろに隠れるものじゃないか」

――――果たして、モニカはしっかりとこの前提を指して話していたのだろうか？

連邦の目的は鉱山の奪取……違う。

敵国の教会が建つことによって危機感を覚えたから……違う。

「まさか、お前達が王国と手を組むとは……」

「その方が効率がいいだろう？　何せ、第十一席殿は魔法国家と神聖国と仲良しこよしで手を繋《つな》いでいるのだから、私が少しぐらい友達を作ってもバチは当たるまい」

王国を利用して裏切者を炙《あぶ》り出して見つけること。

それが、ライカ達の目的であり……この戦争における前提であった。

戦争に乗じて、部下に裏切者を捜索させる。

多くの人間は敵国との鍔《つば》迫《ぜ》り合いに狩りだされてしまっている……そこから安全圏にいる者を捜し出すなど容易も容易だ。

「さて……あまり問答をするのも時間がもったいないな」

ライカは懐から銃を取り出すと、男の眉間に銃口を向けた。

「裏切りは結構、私は気にするタイプではない。しかし……敗者になった際の責任は、しっかりと取らないといけないのは言わずとも理解しているだろう？」

「ま、待て……ッ!?」

男が何かを紡ごうとした瞬間、乾いた音が周囲に響き渡る。

懇願を始めようとした男は地面へと力なく倒れ、眉間からゆっくりと赤黒い血を流していた。

「これで、我々の目的は達成された。そう考えると、あの魔術師の言葉は前提の相違こそあったにせよ正しかったというわけだ。あの子は将来立派な大物になるだろうね、先見の力は上に立つ者なら持たなければならない必須スキルだ」

ライカは懐に銃をしまうと、軍服の人間に尋ねる。

「さて、鉱山に残っていた人間は無事に撤退したかな？」

「王国側も捕虜も、他の兵士達も無事に下山し、国へ戻っているとのことです」

「ならよし」

本来であれば占拠した鉱山に人を残すものなのだが、今回は連邦と王国側で利権を分けるという話を済ませている。

奪い合う勢力がいないため、捕虜の件もある故に態勢が崩れた状態で残る必要もない。

「君達には悪いことをしたね。人捜しのあとに宝箱を設置してもらったんだから」

ライカは小さく肩を竦《すく》めると、その場から足を進める。

「時に君達は、どうやってお金を稼ぐか知っているかい？」

突然投げかけられた質問に、軍服達は首を傾《かし》げる。

しかし特段返答は求めていなかったからか、ライカはそのまま言葉を続けた。

「需要を供給で満たしてあげると、誰も手を出していないところに手を出すと、誰かを出し抜くと、お金を上手《うま》く回すと……色んな意見があると思うが、私はそうじゃないと思っている。少なくとも、資本で席を確保した私はそのようなやり方はしなかったよ」

ライカはにっこりと笑う。

「他者に利益を与えないこと、それがお金を稼ぐための秘訣《ひけつ》さ」

そう言って、ライカは懐から少し大きめのボタンを取り出す。

そして、徐《おもむろ》にボタンへ手をかけた――

「さぁ、共に戦った王国の英雄に不躾《ぶしつけ》ながら愛の籠ったプレゼントをしようじゃないか」

◆◆◆

――鉱山から撤退してしばらく。

アレン達は捕虜を連れて王国への帰路へ就いていた。

「あのっ！　お名前はなんですか!?」

その道中、一際瞳を輝かせる少女がいた。

名前をティナ。同じ聖女である姉を持ち、先程初めて顔を合わせた少女である。

容姿はソフィアを幼くした感じ。一言「可愛《かわい》い」に尽きるのだが――

「ア、アレン・ウルミーラです……」

「アレンさんですね！　あの……どうやったらお兄さんと結婚できますか⁉」

今時の女の子はもうこの歳《とし》で結婚なんか考えているのだろうか？

アレンは早すぎるプロポーズに頬を引き攣《つ》らせるばかりである。

「こ、こらっ！　あんまりアレン様を困らせちゃダメです！」

グイグイ迫るティナの体を摑んで引き剝がそうとするソフィア。

こうして並んでいると、似ているようでどこか似ていない気がしなくもない。

「かかっ！　大将は相変わらず女にモテるなぁー。そうだと思わねぇか、姫さん⁉」

「あ？」

「あ、いや……すまねぇ」

スミノフが一瞬にして縮こまる。

あの戦闘狂ですら怯《おび》えてしまうのだから、きっと視線の先にいた少女の瞳はとてつもなく冷たかったのだろう。軽い発言は命取りだ。

「……俺は小さな女の子に対してどういう反応をすれば？　反抗期が来ると分かっている妹を見る兄のような気持ちだ」

「伸びた鼻の下はこちらで処理をしてもよろしいでしょうか？」

「おっと、さては今回の戦争でお疲れだな？　伸びる様子もない鼻の下を見てその発言をすれば主人は思わず心配してしまうぞ」

薄汚れたメイド服を着ているセリアは「ぷいっ」と頬を膨らませながらそっぽを向く。

これまたどうして、こんな仕草でも可愛く見えるのだろうか？　アレンは相棒の容姿の整い具合に思わず苦笑いを浮かべてしまう。

それよりも、だ。

さしあたって、今は助けたあとの聖女達《たち》が問題である。

『もうっ、ダメじゃないですかティナ！　あんまりアレン様を困らせちゃうと夜にお化けさんが出てしまいますよ！』

『お化けってフィクションのオカルトでしょ？　お化けはこの世にいないよ？』

『お化けもサンタさんも妖精さんもいますっ！　怖いんですからね……お化けはとっても怖いんです！』

『お姉ちゃん、私はそろそろそういうのを卒業するべきだと思うの。ついでに夜中に私を起こしてお手洗いに行くのも卒業してほしいかな』

果たしてこのまま耳を傾けてもいいものか？

アレンは複雑な気持ちになった。

『と、とにかく、アレン様を困らせちゃダメですっ！　アレン様は私達の恩人なのですから！』

『でも、私……将来アレンさんと結婚したいっ！』

『まだティナは子供です！　きっと一時の感情とかで――』

『お姉ちゃんはアレンさんと結婚したくないの？』

『んにゃ⁉』

やめよう、そう思った。

ここから先はただただ恥ずかしい思いをしそうな気がする。

「小さな女の子を助けてヒーロー……少女の瞳には白馬の王子、ですか」

「ちょ、セリアさん？」

「ご主人様はいいですね、将来可愛くなるであろう女の子に好かれて嬉《うれ》しそうで」

「……すみません、ちょっと労《ねぎら》いがほしいです。拗《す》ねないで頑張った俺を褒めて」

「でしたら、損な役割を押し付けられた私も労ってほしいです。タダ働き推奨な職場で働いてしまってメイドは涙です」

セリアが可愛らしくもあざとい姿で泣き真似《まね》を見せる。

そうされてしまえばアレンは弱い。

アレンはため息を吐《つ》くと、横に並ぶセリアの頭を撫《な》で始めた。

「……ご要望は？」

「添い寝と膝枕を。それと、このまま撫で続けることもオプションでつけてほしいです」

「へいへい、職場の上司もタダ働きさせられてるって認識がほしいよまったく」

頭の上に音符マークでも浮かんでしまいそうな表情を浮かべているセリアの顔が視界に入る。

本当に撫でられるのが好きだよなと、アレンは相棒の姿を見て思った。

「……大将、やっぱり大将はすげぇよ」

「ん？　いきなりどうした」

「俺には姫さんの扱い方が分かんねぇ」

何に怯えているのか、スミノフはアレンを見て体を震わせ続けていた。

セリアの豹変《ひょうへん》ぶりに改めて恐れおののいたというべきか。アレンはそんなスミノフに苦笑いを浮かべつつも先を歩く。

「しかし、今回は前回とは違ってアリス様も喜びそうですね」

「お？　やっぱりそう思う？」

アレンは食い気味に反応を見せる。

「えぇ、今回の戦争で聖女を助けたことで神聖国側には借りが生まれました。といっても、皇女様同様、教皇戦で聖女様率いる候補者が教皇の座に就けばの話にはなりますが」

「しかし！　今回は目に見える功績もある！」

デデン！　と。

アレンは指を虚空に突き立てながら気分よく大声を出した。

「折半にはなってしまったが、俺達は新しい鉱山を手に入れることができたのだッツッ！！！」

『流石《さすが》は大将！』

『よっ！　世界一！』

『結婚してくださーい！』

『もうっ、ティナ！』

「はっはっはー！　そんなに褒めないでありがとぉぉぉぉぉぉぉぉぉぉぉぉぉっ！！！」

大声によって、王国兵や聖女達からも拍手が生まれる。

そう、今回はしっかりと目に見える現在進行形の利益を獲得できた。

正式な書面はのちほど外交担当の兄が交わすだろうが、軍部担当としては上々である。

「新しい鉱脈ともあって資源は手付かず。折半になったとはいえ、王国に大きな利益を生むのは間違いないでしょう」

「逆に、折半することによって開拓費用も連邦が負担してくれる。ある意味、初期費用も今だけ限定のお得なサービスになったぞ」

これならアリスも怒ることはないだろう。

アレンは思い出した功績に鼻歌を歌い始めた。

「しかし、連邦側がしっかりと約束を履行してくれるでしょうか?」

「流石に約束を破ることはねぇだろ。何せ、裏切ったら即戦争……こっちが不用意に兵士を削ってしまったせいで相手も損耗してるんだ。避けられて利益も得られるなら、その選択をしないわけがない」

「だといいのですが……」

そう言っても、セリアは不安そうな表情を浮かべる。

「なーに、心配するな！　鉱山がいきなり崩壊しない限りはだいじょ――」

その時だった。

大きな爆発音と激しい風がアレン達に襲いかかったのは。

「な、なんだ敵襲か!?　おいおい、やめてくれよ！　仕事が終わった人間の上にまた仕事を積んでくるとかブラックな職場すぎるだろ定時で帰りたいんだよこっちは！」

「いえ、恐らく違います」

「だったら何!?」

「あれを……」

セリアが驚くアレンの視線を誘導して指をさす。

その指が向く先――そこには、激しく土煙を上げながら崩れていく鉱山の姿があった。

「確かに、連邦から約束が破られることはありませんね――」

何せ、鉱山そのものがなくなってしまったのだから。

呆《ほう》けるアレン達一同。

そして――

「利益、なくなってしまいました……」

「あんっっっっの、クソ黒軍服がアアアッッッ！！！」

アレンの絶叫が空白地帯に響き渡った。

エピローグ

「アリスちゃんは怒っています」

開口一番、最愛の妹であるアリスはそんなことを言った。

やれやれ反抗期かな？　まったく困ったもんだぜー、と肩を竦《すく》めるアレンは仕方なく妹を宥《なだ》めるために頭を地面に擦り付けた。

「これには深い訳が……ッ！」

さて、此度《こたび》の戦争。本来は連邦より先に鉱山を奪取して自国の領土にするはずであった。

しかし、途中から目的こそ変わってしまったものの、それはアリスの知らない話。

加えて、せっかく見つけた鉱脈も山自体が崩れてしまい二度と手に入らないではないか。

これでは軍の遠征費も鉱脈を探した時の人件費もペイできない。

アリスちゃん、おかんむりである。

「また赤字！　うちの国庫を圧迫！　おにいさまは私をいじめて楽しいの!?　私だって毎日帳簿見て胸を痛めながら今日のお夕飯を考えてるんだぞ、うがー！」

「あの、それはただ単に食い意地が張ってるだけじゃ――」

「あ゛ァ？」

「うっす、なんでもありませんっ！」

兄にできることは誠心誠意頭を下げるのみ。

戦場で数多《あまた》の敵を葬れる英雄でも、妹のご立腹だけはいなせないようだ。

「アリス様、そろそろご主人様を許してあげてくださいませ」

紅茶を淹《い》れていたセリアがテーブルに三つほどティーカップを置く。

それを見て興が冷めてしまったのか、アリスは頰を膨らませながらソファーへと腰を下ろした。

「……仕方ないんだよ、セリアさんの顔を立ててアリスちゃんの機嫌は私が代わりにとっておくよ」

「自分の感情なのに自分のおかげみたいに言うの？　厚かましくなぁい？」

「お小遣いカットする」

「Damn it!」

「余計なお口をチャックしないからですよ、ご主人様」

ただでさえお小遣いが少ないというのに、と。

アレンは悔しそうに地面へ拳を叩《たた》きつけた。

「まぁ、神聖国と魔法国家から何人か捕虜捕まえてきてるようだから、ロイお兄様にそこら辺を頑張ってもらってお金を増やすしかないかなぁ……掘り返すのもお金かかるし、また戦争になるし」

「……今度さ、せっかく顔見知りになって共に戦った仲間だし、あの黒軍服呼ぼうぜ？　資本で成り上がったんだったら札束のお風呂に入れる方法ぐらい知ってるだろ」

「その黒軍服こそがお風呂に入れる予定のお金を奪ったのですが」

「……ハッ！」

やはり敵国は敵国なのかと。

一時の友情の儚《はかな》さを知ったアレンであった。

「そういえば、聞いたよ」

「ん？　何が？」

「ソフィアちゃんから」

アリスが紅茶を啜《すす》って兄の顔を見る。

その表情は先程のご立腹とは違い、嬉しそうに……それでいて誇らしそうなものであった。

「ソフィアちゃん達《たち》を助けたんだね。流石は私のおにいさまだ！」

利益こそなかった。いや、長期的に見れば利益はあるかもしれない。

しかし、それよりも自分の兄が利益度外視でか弱い女の子を助けた。

聞けば、自分がボロボロになりながらも揺らぐことなく手を差し伸べたそうじゃないか。

兄が傷つくのは好きではない。

けど、その動機が誰かを助けるためのものであったのなら、妹としてこれ以上誇らしいものはなかった。

やっぱり自慢のおにいさまだ。

だからアリスは、誇らしげな笑みを浮かべてこう言った。

「お疲れ様、おにいさま。今回もかっこよかったよ」

それを受けて、アレンは目を見開いたあとにすぐさま口元を緩める。

「おう、あんがと」

こういう光景を見ていると、傍《そば》にいる自分までもが小さく笑ってしまう。

セリアはティーポットを片付けると、仲間に入れてほしくなったのかアレンの横に腰を下ろした。

温かい環境だ。こういう空間がどこか落ち着く。

セリアはここぞとばかりにアレンの肩に頭を預け、撫《な》でてくれと催促した。

「……甘えん坊だなぁ、お前は」

「私も頑張りましたので」

「へいへい」

なんだかんだ言っていつも頑張ってくれているセリアに、アレンは苦笑いを浮かべなががらも優しく撫でた。

「お熱いねぇ、お二人さん。挙式は王城でやる？」

「おいおい、やめろよそういうセリフ！　この子が本気にしたらどうす――」

「ブーケトスは必ずアリス様に届くよう調整します」

「うむ、任せた！」

「任せるな」

最近は身内を巻き込んで外堀が埋められているような気がする。

アレンは気持ちよさそうに撫でられているセリアに少しだけ戦慄してしまった。

「そういえば、おにいさま」

「なんじゃい、妹よ？　おにいちゃんは挙式の日取り相談は受け付けないと予《あらかじ》め言っておくぞ」

「いやいや、そっちじゃなくて。おにいさまが連れてきた捕虜の中にさ、魔法国家で有名な賢者のお弟子さんがいたじゃん？　あれって連れてきちゃってよかったの？」

「いいんじゃね？　だってあいつ価値がありそうだし。捕虜にしておけば兄上が色々ふんだくってくれ――」

その時だった。ガチャリ、と。部屋の扉が開かれて一人の青年が入ってくる。

「あ、噂《うわさ》をすればロイおにいさまだ」

「噂？　何か話でもしていたの？」

「うんっ、おにいさまが連れてきた捕虜について」

「あー、その話か。ならちょうどいいね」

はて、何がちょうどいいのだろうか？

アレンとアリスは同じようなタイミングで首を傾《かし》げる。

「実はさ、さっきちょうど魔法国家からの使者が来たんだ」

「捕虜の扱いについて？」

「うん」

早速話が進もうとしているみたいだ。

可能であれば色々ふんだくって今回失った損益分をカバーしてほしい。

アレンは他人事《ひとごと》のように紅茶を啜る。

「それで、なんて話になったの？」

「実はね、どうやら『不当に拉致した自国の民を返せ』って」

おやおや、何やら雲行きが怪しくなったぞ？

「ただの魔法士だけだったら向こうもすぐ終わらせようとしたみたいなんだけどね。賢者の弟子も連れてきたのがちょっとマズかったみたい」

「え？　どういうことなのロイおにいさま」

「うん、つまりね――――」

ロイは頬を掻《か》きながらも、申し訳なさそうに口にした。

「賢者の弟子は返してもらう、不当故に力ずくで。だってさ」

「散開っ！」

アレンはすぐさま立ち上がりその場を離れようとする。

だが、撫でられていたメイドの少女が寸前で袖を摑《つか》むことに成功していた。

「ふふっ、ご主人様」

そして、口元に笑みを浮かべながらこう言うのであった。

「どうやら、今回もまた戦争のようですよ？」

「もぉおおおおおおおおおおいやだっ！　さっさとこんな国出てトンズラしてぇぇぇぇぇぇぇぇぇぇぇぇぇぇぇぇぇぇぇぇぇぇぇぇぇぇぇぇぇぇぇぇぇっ！！！」

――――ウルミーラ王国。

弱小国と呼ばれるその国で、どこかの英雄は不承不承ながらまたしても戦地に赴くことになるのであった。

あとがき

初めまして、楓原《かえではら》こうたです。

この度は『弱小国家の英雄王子』をご購入していただきありがとうございます！

コメディだらけの本作でございますが、いかがでしたでしょうか？　初めて戦争ものを書いたので少し心配です。戦争にコメディって中々見かけないので（泣）。

ただ、野郎だらけの職場で働き続ける野郎達《たち》のシーンはかなり気に入っておりまして……少しでもこの部分、面白いと思っていただけたら嬉《うれ》しいです！

最後に、イラストを描いてくださったトモゼロ先生、本作を見つけてくださいました担当編集様、出版に携わっていただいた関係者様、及びご購入してくださった読者の皆様、誠にありがとうございます。

もし2巻を出させていただける時、再び皆様とお会いできることを心より願っております。

OVERLAP

弱小国家の英雄王子 1
～最強の魔術師だけど、さっさと国出て自由に生きてぇぇ！～

発　行　2023 年 11 月 25 日　初版第一刷発行

著　者　楓原こうた
発行者　永田勝治
発行所　株式会社オーバーラップ
〒141-0031　東京都品川区西五反田 8-1-5
校正・DTP　株式会社鷗来堂
印刷・製本　大日本印刷株式会社

Printed in Japan　ISBN 978-4-8240-0654-7 C0193